Illustration : TARO TAKAHAMA

くノ一夜伽話《くのいちよとぎばなし》

この印籠が目に入らぬか?

小説　綾守竜樹
挿絵　高浜太郎

登場人物紹介
Characters

久我《こが》 美由樹《みゆき》
特待生として私立此花女学園に通う頭脳明晰な少女。物事を自分の利得のみに照らし合わせて判断する性格の持ち主。

服部《はっとり》 二十輪宮《にそわのみや》 薊《あざみ》
伊賀忍者の末裔。百花忍軍第二十代目の頭として、あらゆる任務を冷徹に実行するくノ一。

緋冴《ひさえ》
薊の下につく中忍。チャイナドレスを纏う二十代後半の美女。普段は銀座の老舗クラブに勤めるホステス。

ホタル
あらゆる動物を手なずけ操る特殊能力を持つ、銀髪の少女。下忍として薊に従う。

序章

　このシチュエーションは、どこかで見た覚えがある——。

　二〇〇×年が明けて、二日目だった。

　冬空は珍しく晴れ渡り、夕暮れの日射しは血のように赤かった。

　敷島寺。茨城県宇志久《うしく》市でも有数のボロ寺、もとい古刹だ。地縛霊の疎開先として名高い墓地には、私たちのほか誰もいなかった。ヒミツなアレやいけないソレをするには、うってつけのステージだった。

　——ごそごそ、がやがや。ドドドボボボ、ブオンブルルン。

　私たちの前では、爆走虎舞竜《トラブリュー》の皆さんが集会中だった。

　暴走族。ほとんどの地域では絶滅危惧種だけれど、ここ茨城ではいまだに、仏恥義理《ブッちぎり》で愛羅武勇《アイラヴユー》だ。

　人目につかない墓地の駐車場は、彼らの花道におけるサービスエリアだったらしい。初乗り世露死苦《ヨロシク》ブッとばしたぜさぁ後半に向けて酒《ガソリン》の補給だっぺよォ、のさなかに、私は運悪く鉢合わせてしまったのだ。

そして、私の右隣では。

見知らぬ少女が仁王立ち中だった。

ポニーテールにした黒髪は、地に届きそうなくらい長かった。露わなうなじは細くて、新雪みたいに白かった。小さな顔は若武者と言いたくなる凛々しさなのに、首からしたはグラビアモデル級の悩ましさ。細身の眉と目は日本刀に似た美しさをたたえ、ド迫力の胸とお尻は同性の目にも反則だった。雰囲気と体つきのアンバランスに加えて、
彼女は、全身網タイツをまとっていた。

袖と裾が極端に短い着物を羽織っていた。

妙に物々しい手袋とニーソックスをはいていた。

訂正。彼女は鎖帷子をまとい、色じかけ用の着物を羽織り、籠手《こて》や臑当《すねあて》をはめていた。

彼女は要するに、いまや「ゲイシャ」を超える日本の特産品、「くノ一」だった。

「……遅くなって申し訳ありません、久我美由樹《こがみゆき》さま」

時代劇から抜けだしてきたような少女は、心持ち目を伏せ、私の姓名を口にした。涼やかで、潤いがあって、伸びのあるコントラルトだった。へりくだった物言いが、怖いくらいハマっていた。

で。

いったい、どこのどなたさまでしょう？

虎舞竜の皆さんは、グラマー&くノ一服のチラリズムに魅入られていた。彼らは喉仏を動かして生ツバを飲みこみ、エンジンの空ぶかしとパラリラパラリラな警笛をくり返し、少し前かがみになってスタンディング＝オペーションの位置を直したあとで、やっと冷静になった。

時は平成、場は首都圏。茨城という点に幾分のひっかかりがあったとしても、「(世界最大の）ダイブツ様がみてる」ところに物言いがついたとしても、断固として近代都市《アーバン》の香り満つる環境だ。時代がかった服を着て、時代がかったふるまいを見せる美少女など、ツチノコと同じ範疇に入れられる。

「……ええっと、よォ」暴走族たちはたがいに顔を見合わせて、「なんかの収録？　どこかにカメラでもあンの？」

「……あらあら」

またもや、いきなりだった。

私の左隣に、季節外れの桜吹雪が舞い落ちてきた。

「ウチら、そないな野暮はしませんえ？　混じりっ気なしのくノ一どす」

ピンクの花びらの陰から、二人目が現れた。

明らかに年上、二〇代の後半くらいだった。赤みがかった髪を豊かにうねらせ、お尻のあたりまで伸ばしていた。肌は魚の精巣みたいに生白く、目鼻立ちや骨格も彫刻的で、日本人というより東欧人に見えた。胸もお尻もオトナの貫禄たっぷり、チャイナドレス風の衣装とあいまって匂うような妖艶さだった。

「うわっ！　……ど、どどどっから出てきやがった？」

私はもちろん、ソリコミ&リーゼントの皆さんもビックリだ。右側のくノ一娘、左側のチャイナ女、ともに魔法でも使ったかのような登場だった。そのうえ両名とも、季節外れの花びらを引きつれていた。

「こ、こいつら、アレか？　コスプレ＝マニアってヤツかよ？」

再びざわめきだす私たちを嘲笑うように、

「…………ちがう、ホンモノ」

もう驚く気力もなかった。

私の眼前に、また桜吹雪が降っていた。

「百花忍《ひゃっかしのび》……ホントのくノ一……」

現れたのは、まだランドセルを背負っていそうな少女だった。

銀色の髪はおかっぱで、もみあげだけ長く伸ばしていた。肌は天然のチョコレート色で、日焼けにはない艶をたたえていた。巫女さんっぽい服に身を包んでいるせいもあって、南の海からきた妖精みたいだった。

「……このヒト、印籠持ってた……だから、姫さま……」

印籠？

右のくノ一がキャッチしてくれたそれを、私はぽかーん、と見つめた。祖父の話だと、母の形見らしいのだけれど——。

「……古き盟により、百花のくノ一は僕らの姫をお護りいたします」

右の自称くノ一が、ごく自然に断言した。

左が、あだっぽく微笑んだ。

前が、赤べコ人形みたいに頷いた。

私はただ、眉根を寄せて突っ立っていた。

暴走族の皆さんは困ったように目配せしあい、リーダーに振った。

「……久我美由樹さん、だっけ？」と、いまどきアレな金髪リーゼント。私にあごをしゃくってから、忽然と現れたコスプレ三人衆をもう一度見やり、「なにこれ？」

「…………」私は肩にかかっていたおさげ髪を払い、「……さあ？」

「アンタなァ、姫だとか護るとか……モロ関係者っぽいこと言われてんじゃねーか！」

「言われているわ」中指で眼鏡を押しあげて、「一方的に言われているのよ……でも、まあ、それはそれとして」

私は自称くノ一たちを見やった。三人とも、恭《うやうや》しく頭を垂れてきた。

「ええと、あなたたちは……」

このシチュエーションは、どこかで見た覚えがある。

勉強以外のことにはからっきしな頭を、私はムリやり回転させた。見るからにワルな男性たちが、ワルな出でたちで群れている。その前に三人くらいの、カラーリングを意識しているっぽい美形が立ち並ぶ。美形の側には印籠がある。そういえば、ここは茨城。あ、なんだか人生がどうたらとか聞こえてた――。

「……助さん、格さん、八兵衛さん」

ぽつり、と呟いていた。

「で、いいのかしら？」

「薊《あざみ》です、美由樹姫……僕は、服部二十輪宮《はっとりにそわのみや》薊と申します」と、黒のくノ一服。

「うふふ、緋冴《ひさえ》です。よろしゅうお頼みしますー」と、赤のチャイナもどき。

「……ほ、ホタル……」と、銀の巫女さん。

それぞれ、実に性格の滲みでている名乗りだった。

「………では薊さん、緋冴さん、ホタルさん？」

「はっ」「はい？」「……ん……！」

名前を呼ばれた三人が、訓練の行き届いた所作で顔をあげた。流れる墨汁のようなポニーテールを、大輪のバラめいたウェーブヘアを、銀細工の音色がしそうなおかっぱ髪を木枯らしに舞わせた。

「やっておしまいなさい………でいいのかしら？」

投げやりに、自信なげに呟いた決め台詞。これを一生使い続けることになるなんて、このときの私はまったく思っていなかった。

第一章　切腹いたします

合理的とは、「あとでカネになる」の言いかえだ。

だから、私は合理的なことしかしない。

「……美由樹さん、あの」

上目遣いで尋ねてきたのは折笠綾子《おりかさあやこ》、出席番号六番のクラスメイトだった。

「もし時間があったら、この問題を教えて欲しいんだけれど……」

私は合理的スマイルを浮かべたまま小首を傾げ、キザっぽくならないように眼鏡を押しあげた。そのあいだに、私の将来における綾子の合理性をさらってみた。

私と同じ学業特待生、人脈は文芸部がらみだけ、現国・古文が得意な典型的文学少女、かなりの詩才アリ、予想される将来像は「絵本の読みきかせが上手と評判のお母さん」、家は要するに中流下層、親類縁者に政治家・医者・弁護士といった有力者は皆無――。

結論。私にとって、綾子との関係は合理的たりえない。

「……ごめんなさい」すまなそうな表情を浮かべて、三つ編みの毛先を弄る。「また今度にしてもらえるかしら？　これから『三年生を送る会』の会議があるのよ」

「あ、うん……わ、わたしのほうこそごめんね……美由樹さんはいつも忙しい、ってわかっているのに……」

私は、練習に練習を重ねた微笑を返す。

「……はあー」綾子はなぜか頬を染めて、「美由樹さんって、ホントにすごいよね……成績は学園トップだし、美人でスタイルもいいし……」

「……そんな……べつに……」

当然だ。

私は、あなたたちとはちがう。

私は毎日を合理的に生きている。あらゆるアクションをムダにせず、すべて「次」に積みあげている。成績は学歴になり、学歴は生涯年収を決定するし、容姿は配偶者選びの第一条件であり、女にとっては最後の切り札だ。どちらも努力しだいで磨きあげられる。私にとって、このふたつは数十年先を見越した投資の対象なのだ。

「それに、率先して学級委員とかも務めて……」

「……率先って……義理よ、義理。私は奨学金をもらったりしているから……」

いまどき恩義を知る殊勝な娘。そう評価されるのに加えて、内申書のポイントになる。また、学校器材をかなり好き勝手に利用できる。微々たるものとはいえ、権力運用の実践訓練ができる。合理的に考えれば、むしろカネを払ってでも経験しておくべきことだ。

「……すごいなあ……わたしも、美由樹さんみたいになれればよかったなあ……」

一瞬瞳が凍ったけれど、練習に練習を重ねたスマイルは崩れない。これ以上の会話を拒絶するためさりげなく起立し、私はやや垂れぎみの目を緩めた。

「……そう？　私はあなたたちみたいに成りたかったわ」

生徒会室は別棟にあり、一度外に出なければならない。

屋根しかない渡り廊下。晴れた日の昼休みとはいえ、体感温度はそれなりにキツかった。

冬の太陽は高いところからヤル気のない陽光しか降らせず、西高東低の風は意気盛んに吹きつけてくる。ときどき細い雲に遮られて、空ぜんたいがシャッフルしているみたいに陰る。

空の様子と少し湿っぽい風が、裏手にある焼却炉の煙を運んできた。

モノの焦げる匂いが、私の脳裏でひとつのイメージにまとめられた。

（……お線香）

私の母はこんな、欺瞞的に明るい冬景色を見ながら逝った。

死因は、ただの風邪だった。それまでの過労がたたって、免疫系がぼろぼろにヘタっていたらしい。母の半生をなぞれば、納得のいく最期だった。

母は駆けおち同然に父と結婚し、あっさりと先立たれた。仕方なく、「息子をたぶらかした女」と母を毛嫌いしている祖父のもとに身を寄せ、慣れないパート働きで私を養った。

そのすりきれるような毎日は、母の心身を相当に蝕んだのだろう。

年齢制限にひっかかる私に可能な援護といえば、勉強しかなかった。進学塾に雇われて、学費のかからない学校に行って、生活費のかからない暮らしをして、さらには奨学金をもぎとって母の生活費にする。私は死に物狂いでガリ勉して、最終的にはここ、私立此花《このはな》女学園の特待生枠をつかんだ。

此花は、県内有数のお嬢様学校だ。とはいえ、お嬢様たちだけではどうしたってレベルが下がるので、私たちのような「受験用傭兵」も入れる。傭兵は成績優秀である限り、学費や寮での生活費を免除してもらえる。一流校に入学すれば全額チャラで、奨学金のお土産までつけてくれる。

また受験に失敗したとしても、ここを卒業したというだけで、ドラ息子どもの花嫁候補としては「一マス進む」。シンデレラでたとえるなら、カボチャの馬車を手に入れられる。さらに同窓生たちの親は「名士」だ。ここで「デキる娘」をアピールしておくのは、悪くない戦術だった――母をラクにさせてあげるのには、間にあわなかったけれど。

「……………寒いわね」

母が死んだとき、私は泣かなかった。遺影を前にしても、グズりさえしなかった。

涙腺を働かせるかわりに、私は脳のシワに刻みこんだ。

母は、まちがえたのだ。

父がどれだけステキな人だったのかはわからない。二人のあいだにどのような恋が咲いていたのかもわからない。それはきっと、大輪の花だったのだろう。そこそこしっかり者だった母から「合理性」を失わせるくらい、魅力的だったのだろう。

でも、この世は合理的に生きなければいけないのだ。

それ以外のことは、余裕ができてから悩めばいい。「恋愛」や「友愛」なるモノは、ヨーロッパ貴族の発明品だ。つまりは、勝ち組たちのヒマ潰しなのだ。

だから、私はひたすら将来の土台を築く。

学年トップを維持する。健康と美容の手入れも怠らない。内申書をメインに、さまざまな社会的信用を造りあげる。そのためには、ごく一部を除けば顔すら覚えていない三年生たちのために、完璧な送別会だって用意する——。

母はもう、二度と還ってこないけれど。

此花女子寮のタイムスケジュールは、割と現代的で23時消灯だ。

だから寮生たちの足音がとだえるのは、22時40分以降になる。23時を過ぎたら、原則として自室から出てはならない——もっとも、ルールは破られるためにある。部屋から出なければバレないのだから、友達の部屋に泊まりこんでしまえばいい。

私は入学当初から、極めて合理的に知人を選んできた。そうした無益な誘いをもちかけてきそうな知りあいなど、一人も作らなかった。用件以上の目的、すなわち「親しくなりたい」という意図をもって私に話しかけてくるのは、いまや折笠綾子ぐらいだった。

あと数分で消灯だ。

自室ではたいてい、ショーツとワイシャツで過ごしている。どちらも無地の白、大手量販店で売っている安物だ。英語のリーダー特訓ならびに一般教養を鍛えるための『Foreign Affairs』和訳を切りあげて、私はベッドに倒れこんだ。人目のないところでは無頓着にしている黒髪が、扇のように背を飾った。

特待生はほかの寮生と比べると、少しばかり広めの部屋を与えられている。ユニットバス付きの変形十畳間、中ランクのホテルみたいな内装だ。一人で寝るには大きいが、二人で寝るには狭苦しいベッド。木製のデスク、本棚、クローゼット。小物の類はいっさいないので、誰かがこの部屋を見て「私らしさ」を探そうとしても戸惑うだろう。

ただひとつ、自腹を切って持ちこんだボディ＝ピローを抱きしめる。ピンク色のロングサイズ、部屋にあるもののなかでは五番目くらいに高い。暖色系で等身大くらいの抱き枕がないと、私はどうしても眠れなかった――いずれは克服しなければならない非合理性だ。

目を閉じて待った。
五、四、三――つけっぱなしにしていた室内灯が外部から落とされて、フットライトだけの橙色に変わった。なおも耳をすまして廊下の様子を探り、棟内が完全に「死んだ」ことを確認してから、ベッドクロークを開けた。替え下着の陰に隠してある小箱を取りだし、四桁ダイアルの鍵を外して中身を並べた。

電気カミソリで有名な会社の電動歯ブラシ。

実家に帰省しているとき通販で買ったバイブレイター。

「……将来のためには……これも訓練しておかないと……」

ショーツは専用の、吸湿性に富んだそれにしてある。さらに念のため、バスタオルも敷いてある。抱き枕に頭を預け、電動歯ブラシのスイッチを入れた。音が響かないことを確かめてから、そっと首筋にあてた。

「………ん」

中指の尖端程度の植毛部が、時計と同じ向きで回っている。ブラシは「やわらかめ」、筆を押しつけられているような感触だ。いかにも頼りないアタックだけれど、決して休んだり弱ったりしない。チリも積もれば山となり、力強さよりも丹念さ、オシよりもマメさで性感を掃きださせる。

この道具で「身体」も磨けることを知ったのは、小四のときだった。

たぶん、マセているほうに入るのだろう。どういうキッカケだったのかはあやふやだが、夜勤の母を一人で待っているうちに発見したことは覚えている。それ以来習慣と化してしまい、此花に入ってからは三日に一回の頻度で磨いていた。いまでは歯ブラシを見るだけでも、腰裏に疼きが走るくらいだ。

そのままクビの付け根まで滑らせる。ワイシャツはいつも第三ボタンまで外しているから、ラクに差しこめる。一息ついて鎖骨にあてた。

「………ッ！」

私は鎖骨が弱い。

稜線を横になぞるだけで、身体の奥にあるなにかがギュッ、と握りしめられる。見えない握力を呑みこんだあとには、えもいわれぬ脱力感に襲われる。凝縮されたこわばりと緩みの連続は、たまらなく心地よい。左、右とくり返しているうちに全身が火照り、腋のしたが蒸れだす。耳の付け根あたりで、炎がチロチロと踊り始める。

ワイシャツ一枚でも暑くなってきた。ボタンを外し、前をはだけて露わにした。なけなしの抑えを失ったバストが、ふるりと揺れた。

（………また、少し大きくなったわね……）

現代社会に生きる女としては、合理的な成長だ。世の男性はなんだかんだ言っても、「履歴書にはスリーサイズの項があるべきだ」と思っている。

少し汗ばんでいるふくらみを持ちあげ、掌のなかで揺らした。委員会活動などで中途半端に身体を動かしているせいか、触感は妙に粘っこい。左手に力を入れ、ふくらみの根元に指を食いこませる。ＯＫサインの輪から、ムニュッと飛びださせる。

「ふ……ン……ッ……」

乳房のボリューム感を上下させると、喉の奥がネットリとざわめきだす。乳房の真下、心臓や肺のあるあたりから不思議な煙が送りだされ、喉や舌にえぐみのない焦げ臭さを味わわせる。私はおっかなびっくり、得体の知れない深海生物を相手しているみたいに、自分のふくらみを揉み続ける。腋窩がますます熱くなり、鎖骨に鋭い疼きが走る。

（……う、ン……そろそろ……尖端……さ、先っちょが……）

物言いたげになっている。

いったん左手と呼吸を止め、右手の歯ブラシを動かした。厚みを増した乳暈に、じわじわと近づけた。震える毛先と充血したそれの接触を、化学の実験でもしているみたいに見つめる。空気を攪拌している感じ、振動の雰囲気がしだいに強まってくる。

ガマンできなくなって深呼吸。湧いていた唾を呑みこんだ。両眼をつむり、乳首の付け根に押しあてた。

「…………ッふあ！」

掻きむしられる。ここが粘膜からなる部分なのだ、と改めて悟らされる。

つい声をあげてしまい、慌てて口を封じた。左手という介添え役が消えても、乳首が引っかかりになっているので乳房は流れなかった。小指の先ほどのそれはますます赤く、硬くなる。ビリビリと電気を放ち始める。

「……ぁふ……ふン……ンむ、む……ッ……！」

両肩をくねらせながらあて続け、肩胛骨が痺れてきた段階で右に移動させた。左乳首に余韻が残っているから、右のそれは深く刺さってくる。背の産毛が逆だち、喉と臍のあたりに甘いいがらっぽさが溜まる。

左、右とくり返しているうちに、たまらなさが噴きあがる。両方ともボール紙を突き破れそうな尖りと化す。乳房も熱っぽく腫れあがり、先ほどより重たく感じられた。いつの間にか視界が滲み、吐息は湯気になっていた。

歯ブラシを右手から左手に持ちかえた。ジンジンと痺れている突起を置きざりにして、霧吹き状の汗が浮いた腹部を撫でまわす。こそばゆい感じには、もうオトナの妖しさが含まれている。おへソのまわりで円を描き、ショーツにぶつかったところで真横に移動。その動きと合わせるように、両膝を開いた。

「私の部分」はすでに熱を帯び、独特の匂いをくゆらせている——汗よりも甘酸っぱく、涎よりもナマっぽい。それに、濡れた草のような蒼さもある。

枕を背もたれにして上半身を軽く起こし、騒々しい毛先を左の内腿に押しあてた。

「……ッ……ッ……ッ！」

ビクン、ビクンと足が震える。内腿がみるまに真っ赤になり、静脈の青筋まで鮮やかに浮かびあがらせる。足の付け根ギリギリで持ち手を変え、右の内腿を撫でまわした。どちらもすぐに、火傷しそうなほど熱くなった。挟まれた股間が、もどかしげに汗を滲ませる。

恥骨の芯に思わせぶりなストレスを走らせる。再び左に戻して、ショーツの股刳り付近を撫であげた。爪先まで緩やかに痺れた。

（……そろそろ……いえ、もう少し……でも、もう……）

なんて非合理的な逡巡だろう。効率的に進めれば、たぶん一〇分足らずで「処理」できるはずだ。それなのに戸惑い、ためらい、予定調和の行きつ戻りつをくり返して、得体の知れないモヤモヤを練りあげる。やるせなさ、つまりは無力感を味わう。両目を閉じ、瞼の暗闇に向かって熱っぽい意識を投げかける。

無力はいやだ。

力が欲しい。私は失敗しない、絶対にしたくない。

こみあげる狂おしさに導かれて、私は歯ブラシを真ん中に移動させる。白いショーツの底には、灰色の縦線が滲みだしている。その上端あたり、どことなく物言いたげな凸凹に、震える毛先を押しつける。

「………ふぁっ！」

ごく一点の圧力が股の、腹の、そして胸のなかでふくれあがり、空気鉄砲のように喘ぎを噴きださせる。私は片手で口を押さえ、股間から立ちのぼる狂おしさにのたうちながら、なおも歯ブラシを押しつける。

布地が一枚挟まれているおかげで刺激は和らげられ、ささくれ立った感じはない。また、ショーツはわずかながら振動を伝えて、この突起ぜんたいを刺激で包んでくる。たちまち下腹の奥が潤みだし、粘っこい体液を分泌させる。そこに「洞窟」があることを、蜜の垂れる感覚で教えてくる。

「……あふッ！　ふッ、く！　くぅ……ンぅッ！　ん、ふぁ！」

しばらくすると、擦りたてられる突起が、全身の神経をリールのように巻きとりだす。手足の爪先が意思とは関係なく震え、無重力感とよく似た痺れに支配され始める。両膝が勝手に開き、人前では絶対見せられないガニ股になった。身体のありとあらゆる機能を収奪され、まったく無力な、肌色のイモムシにさせられていた。

でも、止められない。

私はますます歯ブラシを押しつける。掻きむしりの音が、水っぽくなっている。奥歯を噛み、腹筋を息ませながら、そこに居座るケダモノの目覚めを待つ。「自分」と思える空間がじわじわ縮められて、握りこぶしくらいになってしまう。くる。

そのときの所作は、まだつかみきれていない。わかっている限りだと、崩壊は両足の爪先から始まっている。まず親指が丸まり、続いて眉根が下がる。内腿と首筋が冷たさを味わって、うなじと腰の裏が凍える。そのゾクゾクが身体の芯まで染みこんできて、握りこぶし大になった「私」を揉みしだく——。

「…………ッ！」

ギュッと押しだされる感覚。息が詰まり、瞳の焦点をコントロールできなくなる。行き場のない締めつけのあとで、爆発的な開放感がやってくる。心身ともに、日常では決して出会えない弛緩を貪る。このときする深呼吸の甘さは、まさに麻薬だ。

気がつけば、身体じゅう汗まみれになっていた。ベッドのうえであられもなく寝そべっていただけなのに、とてつもない距離を全力疾走したようだ。吐息に合わせて胸が上下し、ふだんとは異なる存在感を訴えてくる。いま胸を、特に乳首を摘んで柔らかく転がせば、私は泣きだしてしまうだろう。

（……けど、あ、明日は……早く起きないと……いけないから……）

後ろ髪引かれる思いで、道具を持ちかえる。

シリコン製の「男性」はピンク色、全長一〇センチほどだ。太さはアルトリコーダーくらいで、先端部分がグルグルと回転する。通販のカタログによれば中級者向けで、「充足と開発を両方こなせるスグレモノ！」らしい。

一年生のGW休みで実家に帰ったとき、発作的に買っていた。性への憧れがあったとか、歯ブラシ以上の悦びを知りたかったとか、そういう積極的な動機によるものではない。

私は四月の段階で「合理性」を判定し、何人かの例外を除いてつきあいを拒絶した。いわば将来性ある孤立を選んでいた。だから、自分とまわりはちがうのだ、という証が欲しかった。早く「女」になればなにかが変わる。そう信じていたのだ。

一生に一度しかないものを自分で、道具で散らす。ためらいはあったけれど、使命感のようなものに急きたてられた。

いまにして思えば、生活環境が激変したせいで軽いパニックに陥っていたのだろう。バイブレイターで自分を貫いたのは一種の自傷行為、薄められたリスト＝カッティングだったのかもしれない。

初めてのときは、恐る恐るだった。このように大きくて、凶悪そうなものが自分の体内に入るとは、とても信じられなかった――人は良きにつけ悪しきにつけ、成長するものだ。いまでは「上級者向け」に進もうかな、と思っている。

「……はぁ、ふぅ……ふぅ、はあ、はふぅ……」

左手でショーツの股布をひっかけ、サイドにずらす。申し訳程度のヘアーがはみ出してくる。思っていたより濡れていた。右手のバイブを熱っぽくなった傷口にあてがい、軽く目を閉じる。

男性の化身を突きつけているのに、暗闇に浮かびあがるのはどういうわけか、母の後姿だ。私にも受けつがれている猫っ毛の黒髪。それが風にそよいで、もはやハッキリとは思いだせない匂いを振りまく――。

なにかに蹴りつけられるように、ピンク色の凶器を押しこんだ。

私のなかに埋めこませた。

「………………ンふあッ！」

母の後姿は瞬く間に消えて、灰色っぽい光がやってくる。ゆっくりと目を開ければ、視界ぜんたいに涙の膜がかかって、現実味が薄れている。目や耳よりも、股間から伝わってくる刺激のほうが鮮明で、確実で、圧倒的に力強い。それに身を委せれば、一瞬だけどなにもかも忘れられる。

「はあぁ……はふぅ……ふううぅ！　ふはぁぁ……！」

粘膜や筋肉たちの抗いをなだめすかして、私が届けられる限界点まで貫く。自分のなかに空洞があること、それを満たされていることが同時に自覚できて、「やっぱり」と呟きたくなるような安心感に包まれる。内部の蠢きが道具越しに伝わってくるのが、なんだかとても恥ずかしい。

もはや息を整えることなど不可能だ。私はフィナーレを飾るために、左手を自由にしてボディ＝ピローを抱きしめさせる。唯一の相棒を首の根元に絡ませ、触れられる範囲ぜんぶで密着させる。本当は足も絡みつかせたいところだけれど、以前汚してしまったことがあるのでガマンだ。いわゆるコアラのポーズもどきになったところで、充足と開発のスイッチを入れる。

「……ふあああッ！」

胎内の奥、もっとも無防備なところを掻きまわされている被虐感。狂おしいようで懐かしい。攪拌の衝撃は一気に喉元まで突き抜けてきて、素の嬌声をほとばしらせる。全身の毛穴がぶわっ、と開いて匂う汗を噴きだし、私が女として咲いていることを知らしめる。

枕を力いっぱい抱きしめ、それに顔を押しつけて声を殺した。

刺激の出口を塞ぐとすぐに股間が煮えたぎって、腰からしたを液状化させる。バイブの先端が硬くなっているものを押してきた。

「…………ッ！」

身体の芯を不定形の串に貫かれる。熱くて、まぶしくて、火力とでも言うべきエネルギーがあって——落雷に撃たれたら、きっとこんな感じになるのだろう。芯から末端にかけて濃厚な狂おしさが雪崩れてくる。あちこちの筋肉がマゾヒスティックな泣き笑いを浮かべて、私を無秩序に痙攣させる。

「……っあ、あ！　あっ、あっ、あっ、あああっ！」

最初の稲妻が通り抜けても、棒状の雷雲は奥深くに居座っている。機械ゆえの無頓着な首振りがすぐに、私の硬くなっているところを弾きあげる。コツン、コツン、という打突の音を、鼓膜ではなく腹膜で伝えてくる。

「あっ！　……はぁ、はァ、はあァ……ああっ！」

いまの私は、性についてあるていどの知識を持っている。「子宮孔」なる用語も知っている。それを押されると子宮ならびに内臓ぜんたいが揺らされ、女性にしか味わえない内臓感覚が醸しだされる、というメカニズムも学んでいる。

だから安心して、私は女に生まれたことを確認し続ける。ボディー＝ピローを潰さんばかりに抱きしめ、腰や腿をビクビクさせる。熱暴走ぎみの脳裏に、稲光に照らされた胎内がレントゲン写真の趣で映しだされる。

できるだけ声を押し殺し、数年先を見越しての訓練を噛みしめ続ける。忘我の境地を行き来しつつ、私は朝起きたらどのように洗濯しようか、と考える――。

※

忍務第二〇六号、状況「て壱」。

僕らは、此花学園女子寮そばに陣取った。

大殿さまが二〇六号を下されたくノ一は、僕、緋冴、ホタルなど五名。僕らは手近な木に登り、樹冠に腰をおろした。まえもってしかけておいた穴を頼りに、忍術「フクロウ目」を効かせた。

ベッドのうえ。

もうすぐ姫になられる久我美由樹さまが、自らを貫き続けている――。

「……正直言うて、このお務め」緋冴が小首を傾げて、「いらんのとちがいますか？　ご

覧なはれ、お頭……ウチらのお姫《ひい》さんは、まだ研鑽積まれてはりますえ？」

「それは僕らが判断することではありません」短く答えた。「僕らは百花のくノ一として、与えられた命を果たすだけです」

「……で、でも」ホタルが、ぽつりと反駁する。「あのヒト、たぶん……カン違いしてる……カン違いで……あんなこと……してる……よ……？」

「そうやねえ」

いつもの緋冴らしからざる口調だった。

「あの娘、あないに自分を追いこまんと……耐えられなかったんやろうね。ホンマはとっても……」珍しく言いよどんで、「……何とも不憫な子やねえ……まるでウチらのお頭にそっくりや」

聞きずてならなかった。

「……美由樹さまと僕のどこが似ているのです？」

緋冴は微笑しか返さず、ホタルは困惑しきった表情を浮かべている。

しばし考えたが、任務とは何の関係もなさそうだ。今後の方針を確認した。

「この女学校は、もうすぐ冬休みなるものに入ります……大殿さまの情報によると、美由樹さまは母君のお墓参りのため宇志久市に泊まるそうです。僕らはそのときに……」

「……起立、礼」

私の号令で二学期が終わった。

先生が帰るのを見計らって、私は教壇にあがった。黒板を拭き、チョークの粉を払い、講卓の引きだしも開けてゴミを片づけた。

「さすが、一年から委員長やってらっしゃるだけありますわね……いまから長期休暇後のポイント＝アップを仕込んでおかれる、と」

クラスメイトの当てこすりなど無視した。

ほかの皆は、間近に迫ったクリスマスや年末年始の話題で浮かれている。お誘いと自慢が交錯し、洋菓子の飴掛けデコレーションじみた網を張りめぐらせている。私は当然、どちらにも縁がない。生徒会がらみの書類もすでに提出したし、さっさと自室に戻って帰省の支度でもしよう。

教室を出て、玄関まで降りた。

すれ違った生徒たちからイヤな感じの笑顔を向けられたが、べつに気にしなかった。下足箱に手を伸ばしかけたとき、後ろからの気配に気づいた。

校内一の「ガリ勉優等生」と呼ばれる私は、女子校ならではのイジメも経験している。すばやく振りかえり、カバンを胸のまえに突きだした。

「…………わっ！」

思わずクシャクシャにしたくなる巻き髪、美しくはないが愛嬌のある顔――折笠綾子だった。おずおずとした上目遣いを受けて、私は緊張を緩めた。

「あ、あの……髪にゴミがついていたから……驚かせちゃったのなら、ごめんなさい」

「………」

そういうことか。私はいくつかの、イヤな感じの笑顔を思いだす。

「……いえ、べつに」再び後ろを向いて、「お願いするわ」

綾子は嬉しそうに手を合わせて、おさげのなかほどにひっかかっていたホコリを取ってくれた。それから髪束を整えるように、少し撫でてきた。

「………あ」

思わず声が出た。

「ごめん、いやだった？　その、美由樹さんの髪って、触り心地よくて……」

「ち、ちがうわ！」なぜか慌てた声になってしまった。「あ……いえ……その……」

言葉に詰まり、意味もなく眼鏡をかけ直す。

髪を撫でられる――少しも合理的でない時間に、心奪われてしまった。しかも、その相手はカネ持ちの男ではなく、将来性のないクラスメイトなのだ。まったく将来の足しにならない。私の行動指針からいって、即刻振りはらって自室に戻るべきだ。

「……その……いえ、だから……」

その柔らかさと温もりを反芻してしまう。

でも、動けない。

この場から離れがたい。両眼が自然と、綾子の手に吸いよせられてしまう。その柔らかさと温もりを反芻してしまう。

「……美由樹さんさえよかったら、だけど」うなじにあたる声は、どこまでも控えめだった。「髪をほどいて、ちゃんとゴミを取ったほうがいいんじゃないかしら？　制服やスカートのポケットも要チェックかな……わたしにも手伝わせてくれたら嬉しい」

私はしばらく黙っていた。

あまりにも不自然すぎる沈黙を挟んで、小さく頷いた。

※

「……前言撤回や」

僕たちは、樹冠に陣取り続けていた。

「お頭……早いとこお姫さんと接触して、お務めせなあきまへんえ」緋冴の顔には、危機感に似たものが浮かんでいた。「……お姫さん、自分がどれほど飢えとるのか気づいておられへん。早いとこ免疫つけさせておかんと……」

僕は指先であごをつまみ、部下が言わんとしていることを推しはかった。

「飢えている……」

今回の任務は「淫術遣い」向き、すなわち緋冴向きのものである。

彼女は百花の中忍、先代の薊にも仕えたベテランだ。僕の師範の一人でもあり、現在では副首領の地位に座っている。

専門は淫術、特に「色たらし」を得意とする。僕には及ばないが長身で、それをゴージャスさに変えられるプロポーションの持ち主だ。なかでも臀部から太腿にかけての曲線は別格で、パパに請われて保険金をかけてあるらしい。メリハリのついた餅肌と曲線的にうねる赤髪の組みあわせは、強烈な性的信号になるのだろう。

いまの陽顔《オモテ》は、銀座の老舗クラブに勤めるホステス。臨時ヘルプとして他店のフロアに出ても、一晩で百万は稼いでくる。正確な数は不明だが、つねに五人くらいのパパを転がしているらしい。性愛を含めた対人関係の天才であり、相手の秘めた欲望を見抜く力は絶対的なものがあった。

「ああ、薊にはわからんやろねえ……」メドゥーサの前髪をかきあげて、「とにかく、早めにしかけるべきどす」

僕は釈然としないものを感じながらも、隣に腰かけているホタルを見やった。

「…………ん！」

下忍の娘が勢いよく頷き、銀色の髪を舞わせながら飛びおりる。音もなく着地し、小さな指をくわえて鳴らした。どこからともなく大型の秋田犬が現れ、少女の前で「伏せ」をする。まだ幼女と言っていいホタルが羽虫の軽やかさで跨ると、イヌは重さなど感じていないかのように駆けだした。

「では、大殿さまのご裁可を受けしだい始めます……」

朝早く学園を発った。

二本の路線を乗りつぎ、十四駅を越える。駅前からバスに揺られて、ギネスブック認定の大仏に睨まれたところで降りた。風が冷たくて、コートの襟を立てる。今年最後の日だと思うと、寒さも増すから不思議だ。

父方の実家は、市内でもはずれの地にあった。あたりは実に緑豊かで、雪をかぶった田んぼが土の匂いをくゆらせてくる。幅のある畦《あぜ》めいた道に入り、吹きさらしのなかを歩くこと三分。

「…………」

私は扉の前で足を止め、深呼吸をくり返した。覚悟を決めて、チャイムを押す。ドタドタと荒っぽい足音がして、ぞんざいに開けられた。

「……フン、時間にだけは正確だな」

「両親の躾がよかったもので」

「あいかわらず可愛い孫娘だ。いますぐ帰って欲しいくらいだよ」

「お褒めにあずかり光栄です、お祖父様。お元気そうでなによりです」

この心暖まるやり取りでわかるように、私と祖父はとても仲がいい。

私は祖父の無理解が母を死に追いやった、と思っているし、祖父は「私という既成事実」が息子とあんな女を結婚させた、と思っている。私がさっさと家を出て寮暮らしに入ったせいもあって、二世代離れた私たちには和解の糸口すらなかった。

「ああ、おかげさまでカクシャクしとるわ……ただ、先月あたりから腰が痛くってな。これから湯治に出かけようと思っとるんだ」

言われてみれば、玄関には旅行鞄などの旅支度が整えられている。

「……五日まで戻らん。キレイに使え、絶対に汚すなよ」

私は黙って、頭を下げた。祖父と入れ違ったとき、ふと、あまやかな香りを嗅いだ。

「……ああ、忘れていた」祖父が巾着袋を放り投げてきた。「あの女の形見だそうだ。おまえの年齢になったら渡してくれ、とのことだった」

あの女、とはもちろん母だ。

「そんなものを後生大事に取っておいて、と思うが……ああいった連中には独特の価値観があるのだろうな。まあ儂ら庶民は、湯に浸かって酒を飲めればそれでいいが……」

客間に荷物を置き、まず仏壇の前に座った。学園にはない畳の部屋。藺草《いぐさ》の青々しさが喉にくる。祖父は周到に暖房器具を消しておいたらしく、ひどく寒かった。

明かりを灯し、線香に火をつける。父の遺影の隣に、持参してきた母のそれを並べる。実は両親どちらの写真も持っているけれど、寮では飾らないことにしていた。理由はただひとつ、そうして祈ったところでまったく利益はないからだ。

「…………」

こうして座っていると、あの日のことを思いだす。

晴れていたけれど、まぶしくもなければ暖かくもない日だった。風や空気までもが、どことなくうそ臭かった。特待枠で雇われていた進学塾の帰り。私は全国模試の上位一〇〇傑に入ったので、塾から「ご褒美」をせしめていた。母の容態が気がかりで、ご褒美を早く手渡したくて、私は懸命に走った。玄関で「ただいま」と言ったのに返事がなくて、私は靴のまま駆けあがった。襖を開けて、頽《くずお》れた。手にしていたカバンのなかから、テキストやペンケースと一緒に茶封筒をこぼれさせた――。

「…………」

気がつくと、線香が燃えつきていた。

時間を非合理的に使った、と思いながら客間に戻る。座卓に手をついたとき、指先がそれに触れた。

母の形見と言われた巾着袋。

袋は百円ショップで買えそうな安物だけれど、

「……これの匂いだったのね……」

中身はちがうらしい。あまやかで、華やかで、少し寂しい匂いが漂ってくる。どうしようもなく惹かれるけれど、深く吸いこむと心を掻きむしられる。

袋の口を開けかけて、私は座り直した。居ずまいを正して中身を取りだした。

大きさといい形といい、タバコの箱に似ていた。その縦線、もっとも長い辺を削って角を取り、楕円の筒にしたような感じだ。両端に紫色の紐が通され、下は結び目、上はキーホルダーみたいな彫り物でまとめられている。

材質は木製らしい。黒い漆を塗り、金粉で絵をつけたようだ。手作り品らしい暖かみと、年代物ならではの重々しさがある。手にとって、上、横、裏からしげしげと見やった。鼻を近づけると、例の香りが強まる。なにかの匂いに似ている、と思ったけれどそのなにかが出てこない。

もう一度表を見やり、金細工の絵柄を確かめる。

太い丸のなかに、細い丸。細い丸のなかに五枚の、放射状に配置された花びら。花びらの中央部に、「工場」の地図記号みたいな丸。ダメ押しとしてつけられた彫り物は、それを写実的に象ってあった。

桜。

桜の紋所をつけた印籠だ。素人目に見てもかなりの骨董品であり、『どれでも鑑定団』

に出品すれば「いやあいい仕事してますねえー」と褒められたうえで、今日いちばんの値段がつけられるのではないだろうか。

「こんな……こんな高そうなもの……取っておいて娘に残すより……」私はそれを握りしめた。「もっと……もっと合理的な使い道があったでしょうに……」

頬に押しあててみる。匂いがふわり、と鼻腔に流れこんでくる。目を閉じ、嗅覚に集中してやっと気づいた。

これは、桜の花の匂いだ。

すぐにピンとこなかったのもムリはない——種類にもよるけれど、桜の花はあまり匂わないのだ。嗅ぎ慣れた人間でなければ、「なんとなく甘い」ぐらいにしかわからない。私がそれと判別できたのは、これがとてもよく似ているからだった。

私の母は「吉乃《よしの》」という。

母は、香水がまったくいらない人だった。

※

二件隣のライスセンターに陣取った。サイロの頂きに腰かけて、僕らは美由樹さまの様子をうかがっていた。一緒に偵察中のホタルが、重たげな吐息をこぼした。

「どうしたのです？」

「ん、とね……」ホタルは色素の薄い瞳を潤ませて、「えっと……思いだして……」

市松人形のような顔に、似つかわしくない老成を浮かばせる。

「ホタル、あのヒトと、おんなじキモチに……いっぱい、いっぱいなったから……」

「……そうですか」

物言いの幼さでわかるように、ホタルは本来、ランドセルと仲よくすべき娘である。背丈は高歯下駄を履いても私の胸に届かないし、体つきも中性的だ。帽子を目深にかぶって目鼻立ちの繊細さを隠せば、まず少年にまちがわれるだろう。

だが、ホタルはこの年でくノ一歴五年だった。彼女は、「獣忍」と呼ばれる特殊な家系の生まれなのである。

彼女たち獣忍は生得的に、動物たちを手なずけられる。伸ばし方を誤ると「リアル伏姫」になってしまう危険な能力なので、授乳期が終わるやいなや隔離環境に置かれ、非人間的な訓練を強いられる。いまは子供心にも納得できたようだが、僕や緋冴に会うまでは荒みきり、家族のことを思いだしては泣いていたらしい。

「でも、ね……ホタルには、薊や緋冴が、いたよ？　……あのヒトは……」

僕は巫女服の腋あたりに両手を差しこみ、ホタルを抱きあげた。僕の力をもってすれば、一般人がネコをつかみあげるのと変わりない。そのまま膝のうえに座らせた。ホタルは嬉しそうに笑いながら、僕の胸に背を預けてきた。

「……正直言って」子どもの高い体温が、吹きさらしのここではありがたかった。「僕には、美由樹さまの行動原理がつかめません……あの方は、なにを鬱屈されているのです？」

ホタルが困ったように、少し垂れぎみの目を緩ませた。

「これまで見たところ、あの方は社会的成功を遂げる、という虎心をお持ちになられ、理に適ったふるまいを重ねられています……なにを思い悩むことがあります？」

「……………」

「僕たちの世界でたとえるなら、命を賭けるに値する任務が与えられ、それを達成するべく着実に地歩を固められているのです……充実感を覚えこそすれ、あのように奇矯な言動をくり返す必要などありません」

「……………」

僕は六歳も年下の少女に「いい子いい子」をされながら、見張りを続けた。

食事をファミレスで乗りきるのはつらかった。「ドラエもんフェア」なんて開く余裕があるなら、味を改善して欲しい。畳とフトンには抵抗なかったけれど、ボディ＝ピローがないので寝つけなかった。仕方がないので、毛布を丸めて代わりにした。

年が明けた次の日。

私は「羅刹の家」に戻ってきた目的を果たすべく、制服に着替えてバスに乗った。初売り客でごったがえす商店街に寄り、花束だけを買った。目指す敷島寺、というより墓地は、曲がりくねった一本の先だった。買い物に時間を取られたせいもあって、付属の駐車場についたときは早くも暮れ始めていた。

風が鋭さを増していた。

備えつけのホウキとチリトリを借り、「久我家代々之墓」の前に立った。秋に降りつもった枯れ葉が残っていて、出がらしのお茶みたいな匂いをさせている。ホウキで落とし、まわりも含めて掃除にかかる。

母がこのお墓に入るまでは、一騒動だった。祖父は昼メロドラマに呼ばれそうな「わからず屋ジジイ」を通し、私は譲歩につぐ譲歩を強いられて、長期休みには墓掃除の義務まで負わされた。

最後にバケツいっぱいの水を浴びせる。指先がかじかんでいた。それでもコートを脱ぎ、墓前に屈みこんだ。花束を供え、ポケットから形見を取りだして突きつけた。

「…………元気で」もう何回も詣でているけれど、なにを言えばいいのかわからない。

「元気で……やっているわ……」

風が冷たかった。

「大学に行って、たぶん、医者か弁護士になるつもり。これの……使い道はないわよ……いいえ、どんな職業についたって使えないわ」

印籠が、やや赤みをはらんだ陽光を跳ね返した。

「だって、私は一人だもの。これを出すまえに、ひと暴れしてくれる助さん、格さんがいないもの……暴力やおカネの裏付けがない正しさは、気休めにもならないのよ？」

私の定義で言えば、それは非合理的だ。

「でも……ありがとう……」

笑いながらポケットに戻した。母と会ったときは、必ず笑顔で別れることにしている。

立ちあがってコートを着こんだとき、爆音が聞こえてきた。郷土愛にからめて言えば、実に茨城らしい騒音だった。

暴走族。いまや伝統芸能の担い手と化した彼らが、お寺の駐車場に集結し始めている。どこに乗ればいいのかよくわからないバイクが、無意味に光りながら並ぶ。頭のうえに軍艦みたいな髪を乗せた人たちが、ぞろぞろとあふれだす。

（……走り始め、というヤツだったのね……）

ここはいつの間にか、彼らの基地になっていたのだ——おっしゃー初乗りブッとばしたなー、後半に向けて酒補給《ガソリン》すっぺー？

乗るまえから、すでに酒浸りだったのだろう。相当できあがっているらしく、何人かは呂律が怪しかった。

どうする？　すぐに去ってくれればいいが、酒盛りだから先の展開が読めない。なにより、単に時間を潰すなんてムダだ。母の前でそんな非合理的な真似はしたくない。

私は意を決して、墓地から飛びだした。

「………お？　何だ、オメー！」

缶ビールをあおっていたソリコミ君が、私に気づいて素っ頓狂に叫んだ。やや甲高い彼の声はよく通り、駐車場にたむろっていた計二〇名——ステッカーから爆走虎舞竜なるチームと判明——がいっせいに、こちらを睨みつけてきた。

「…………ッ！」

心臓が縮みあがったけれど、素知らぬフリして突っ切る。金髪リーゼント君のそばに来たとき、パラリラパラリラパラリララ、と頭の悪そうなホーンを鳴らされた。立ち止まってしまったところをつかまれた。

「アンタ、ひょっとして墓参りか。この、新年明けましておめでとうなときに？」

「……ええ」かなりの握力だ。つかまれている肩が痛い。「こういうときでもないと来られないのよ……忙しいんだから、離してくれない？」

リーゼント君は、聞いたかおい、聞いたかよ、と虎舞竜の皆さんを見まわした。

「いやあ……アンタ、まだ未成年だろ？　なのにエラい、エラいなアンタ！　俺、ものすごく感心した。アンタに花マルあげるべきだと思った！」

リーダー姫始めっスかー。待ちうける未来を垣間見せられ、私は反射的に暴れた。金髪リーダーと揉みあい、その手を振りきったもののコートを奪《と》られてしまった。

「……おー！　この娘、此女のオンナだぜ！」

あの超お嬢様学校ッスか？　酒宴の余興といった雰囲気が一変する。

「よく見れば……マブいな。デコ出し、メガネ、三つ編み、っていかにも委員長っぽいけど……ギャル馴れしたオレらにすれば、おせち調理を食うようなモン？」

「しかも、割といいカラダしてるぜ……ありゃ、Dカップはあるぞ」

本格的にマズい。私はコートを諦めて走りだしかけ、ポケットの中身を思いだした。

「……か、返しなさい！」

私の動きをちゃんと見ていたらしい金髪が、面白そうな表情を浮かべる。

「サイフでも入れてんの？　それとも、ヤバいメールが詰まったケイタイ？」

ポケットのなかを探り、それを高々と掲げる。

「だめっ、やめて！」

「……あン？」リーゼント君だけでなく、二〇人全員が固まっていた。「なにこれ……アンタ、なんでこんなモン持ち歩いてんの？　水戸黄門ファン？」

あちこちで失笑が漏れ、パラリラが鳴らされる。どうしよう？　どうすればこの人たちから印籠を取り返せるだろう？　私は頭の芯で焦りながらも、

「そうよ……私、史跡とか歴史が好きなの。ここにもその関係で来ただけよ……あなたた

ちには興味もなにもないものでしょう？　だから、早く返し……」

何人かが単車を降り、私を取り囲む位置に陣取った。絶体絶命だ。それでも、あの印籠を失うわけにはいかなかった。私はいちかばちか、返してと叫びながら飛びかかった。

「……なんだよ、お嬢様っぽくねーなー！」

リーダーが笑いながら、私の背後にいるメンバーめがけて母の形見を放り投げる。

陽が沈み、血の色になった空を桜の紋所が飛ぶ。

金色の花が、私を見下ろしてくる——。

墓地から黒っぽい風が吹きつけてきた。

風は跳躍し、放物線を追いかけた。白い手で印籠を握りしめるとタテに二回転し、私の右隣に着地した。

「…………！」

私を含めて皆、驚きのあまり声も出せなかった。

ワンテンポ遅れて、薄桃色の花びらが降ってくる。風は季節外れの桜吹雪を浴びつつ、獣のしなやかさで立ちあがった。

真っ白な太腿が、たくましさと力強さのせめぎ合いを見せつけてきた。黒い和服に包まれた胸が、女の目から見ても夢幻的に揺れた。ストレートの超ロングヘアーは、真っ赤な夕陽を浴びても艶を減じていなかった。おしべのような睫毛がゆっくりとあがり、闇夜の深さをたたえた瞳が現れた。

その異常な登場っぷりを忘れさせるほどの美少女だった。

美のもたらす絶対性に打たれ、私たちはしばらくのあいだ呆けていたけれど――醒めてしまえば、彼女は何から何までツッコミどころ満載だった。私は意味もなく瞬きをくり返し、金髪リーダーは口をパクパクさせ、何人かが缶ビールを落としてぶちまけた。

彼女は背筋を凛と伸ばし、私の隣で仁王立ちした。血色はいまひとつだけれど瑞々しい唇を開き、いますぐ歌手にしたくなるような声を発した。

「……遅くなって申し訳ありません、久我美由樹さま」


帰りは、「緋冴」と名乗った女のベンツだった。質問を柳に風と受け流されているうちに、祖父の家まで運ばれていた。

なぜ知っている、との問いも当然のようにスルーされ、私は客間の上座に座らされた。右側にチャイナ美女が、左側に巫女幼女が座り、くノ一娘がお茶の支度をしていた。祖父から家財を汚すな、つまり触るな、と厳命されていたが、もう知ったことではなかった。

気詰まりな沈黙のなか、私は三〇分ほどまえの殺陣を思いだす。

――やっておしまいなさい。

私が投げやりに、自信なげに呟いた途端。

まず、自称「薊」が消えた。私と暴走族たちは、彼女を黒い風として捉えることさえできなかった。背後のほうでドサ、ドサッとなにかの倒れる音を聞き、そちらに目をやって、やっと長い長いポニーテールを見つけ、その先に立つ彼女を見つけた。左手をチョップのかたちに固め、無表情のそばに引き寄せていた。

——お、オマエら、エモノ出せ、エモノ！

金髪君が我に返り、リーダーとしてまだ十七名はいるメンバーに気合いをかけた。リーゼントとソリの皆さんは、エエかっこしいのために用意してきたらしい鉄パイプや金属バット、木刀やバタフライ＝ナイフを取りだした。

——……男子たるものが、武器をかまえたのであれば。

薊は軽く足を広げ、裾の短い着物をめくって足の付け根をさらした。

黒の陰から現れた内腿は目が醒めるように白く、網タイツに食いこまれてむっちりとした曲線美を披露していた。足の付け根ギリギリのところに革のバンドが巻きつけられ、そこに数本の刃物がしまわれていた。

たとえるなら両刃の果物ナイフ、平らにならしたスコップだった。魔法の手つきで抜きとると、逆手に握って腰を落とし、やや前屈みになった。ド迫力の胸がその量感を際立たせ、やや捻られた背や腰が女らしさを宿した。だが薄めの唇から漏れてきたのは、

——覚悟はできていますね。

暴力とはまったく縁のなかった私ですら、薊の切っ先が暴走族たちの急所に突きたてられるシーンを想像してしまった、いや、想像させられた——。

虎舞竜の皆さんは、あのあと家に戻られたのだろうか。薊は無表情に、「腱や太い血管は外しましたから、それほどあとには残りません」と言っていたけれど——まて、それほど、ってどれくらい？

「……お茶でございます」

十三人の荒くれ男をあっという間に無力化した少女が、楚々とした挙措で湯呑みを差しだしてくる。飲むまえ、香りを嗅いだ段階で上手にいれられている、とわかった。表情に困る私に頭を下げ、薊は真向かいに腰を落ちつけた。

「では、改めまして……」薊ら三人が、額を擦りつけるように拝礼してくる。「ようやくお目文字叶いました……美由樹姫さま。これより僕ら百花忍は、あなたさまに忠なるをもって誇りといたします」

「…………とりあえず」

ここはどこ、私は誰？

「顔をあげてよ……あまり仰々しい真似をされると、かえって馬鹿にされているような気分になるわ」

薊は無表情を、緋冴は滴り落ちそうな笑顔を、ホタルはどぎまぎを返してきた。

「詳しい事情を聞かせてもらえるわよね？　この……」母の形見を卓上に置く。「印籠がらみの話みたいだけれど、私がこれを手にしたのは数日前。由緒も、機能も、まるでわからない……そもそも印籠ってなに、という段階からわからないのよ」

薊は小さく頷き、座り直して発言の気配を見せた。顔立ちや態度が、凛々しさを通り越して妙に硬い。どことなくロボットやアンドロイドを連想させる。

「……印籠は」やはり、類稀《たぐいまれ》な美声だ。「三から五段の小型容器を重ね、それらの両側に紐を通して緒締めでまとめたものです。一般的には、容器の外側と内側を別個に作ります。『萬金産業集《ばんきんすぎわいぶくろ》』によれば外を『傍《かわ》』、内を『規』と称し、牛皮もしくはヒノキの薄板を使うそうです。内外で材料をたがえるタイプを『間《あい》』といい、姫さまの印籠はこちらにあたります」

「……ちょっと」

「印籠はそもそも、印判や朱肉などを入れる容器でした。戦国時代に入って携帯薬の需要が高まったさい、手ごろな容器として薬入れに変えられます。規に牛皮が使われ始めるのも、薬効保持の験を重視するようになってからです。ただし享保ごろになりますと本来の用途を離れ、装飾道具として……」

「ちょっと待ってよ！」たまらず割りこんだ。「私はね、博物館に来て民具のガイドを頼んでいるんじゃないの。そんなことまで話してくれなくてもいいのよ！　私が求めているのは、私とあなた方とのつ、な、が、り。その点に絞って話して！」

「しかし、姫は印籠そのものがなにかから悩まれておられるご様子。僕はそれゆえ……」

私はそろそろ、気づき始めた。

うなじを粘っこい汗が伝い落ちた。

「話の腰折るけど、その『僕』って一人称は何？　……ひょっとして、深層心理的には男性になっているとか、そのテのアレ？」

「いえ、僕はくノ一、身も心も女の忍です。僕というのは、上位の御方に対する礼自称でして、他意はございません……単に、『あなたさまの下僕』を略したものです」

予想的中だ。確認の意味で、さらに踏みこんでみた。

「ええと……あなたみたいな人が『僕』と言うのはヘンだから、やめて。これからは」しばし悩んで、「薊と自称してみてくれる？」

その年で名前呼びは抵抗があるだろう、と思ったのだけれど。

「御意。これより、自称を薊といたします」

本物だ。

「……どうなされました？」

「いや、あのね……その、なんて言ったらいいのかしら……あなたのせいなような、そうではないような、微妙な感じなんだけれど……」

「そうですか。問題がなければ、薊はご説明に戻らせていただきますが……」

それはやめて。制止しかけたとき、右側からそっと手が伸びてきた。

「……お頭、ここはウチに委せてくれへん？」

思いだす。

あのとき、この二〇代後半の女性は金髪リーゼント君に近づき、その艶めかしい身体を密着させてなにかやっていた。数秒後、大の男が信じられないような声を漏らして、その場にヘナヘナと頽れた。

――うふふ。よのなかにはヤッてエエおイタと、ヤッたらアカンおイタがあるんよ……しばらく「男」になれんよう、搾りつくしたるさかいなァー……。

緋冴は彼にのしかかり、その股間あたりで右手を踊らせた。それなりに威厳のあったリーダーが、弛緩しきった叫びという矛盾を噴きこぼしながら、赤ん坊のように泣きわめき続けた。全身を痙攣させ、苦痛なのか恍惚なのか判別しがたい表情をさらした。やがて妙に生臭い、ドロっとした異臭を漂わせてきた――。

「……気ィ、悪くせんといてね」緋冴は薊の無表情を見やり、「お頭は……この娘は、こないにしかでけへんのよ。この娘の母サンが、背負わせすぎてもうたんや」

母親の名を出した途端、薊の眉がピクリと動いた。

「お姫さんが持ってはる印籠は、ウチら、百花忍軍の主人である証なんどす」

「私の家に、そんな立派な由緒は……」

言いかけて、気づいた。私は母方の実家に関して、ほとんどなにも知らない。事情が事情だけに、母は実家について多くを語らなかった。いまにして思えば、母はそこそこ育ちがよさそうだったけれど――。

「お姫さんのご実家が、やんごとなき名家であらせられた、というわけではあらしまへん……」微苦笑を浮かべて、「つまらない昔語りになりますが、少々おつきあいを――……ウチらは、伊賀忍者の末にあたります。三上忍の一人、百地《ももち》サマの下《しも》どした」

忍者、伊賀惣国一揆、百地丹波《たんば》。日本史は得意だ。

「伊賀の歴史を繙《ひもと》けば天正九年、織田信長の侵略を忘れられません……伊賀は人口半減、ほぼ焦土にされたんどす。生きのこった者たちも、全国に散らばりました」

緋冴は間を取るように、ゆっくりと茶を飲んだ。両手で湯呑みを抱きかかえ、頤を反らして喉の曲線を見せる。真に色っぽい女性は、ごくふつうの仕草に華を咲かせる。

「ウチらの仕える百地サマも、各地を流浪されはりました。その旅の途中、とある農家にひとかたならぬお世話を賜ったんどす。百地サマはその礼として配下のくノ一を捧げ、その証に印籠を渡したんどす……『之ナル忍、桜紋ノ主ニ臣従セリ』」

私は印籠を見つめた。

「つまり、私の先祖は……棚ボタであなた方を家来にした、ということですか」

緋冴ほか三名が頷いた。

「あなた方は……四〇〇年以上もまえの契約により私に仕える、と？」

緋冴ほか三名が、力強く頷いた。

「………非合理的だわ」

反応したのは緋冴ではなく、薊だった。

「それが僕……いえ、薊たちの伝統です」

私はお茶を飲みほした。中指を立てて眼鏡を押しあげ、にっこりと微笑んだ。

「いらない」

「…………」「あらあら」「……んー」

「助けてくれたのはありがとう。でも、あなた方の……主従ごっこにつきあう暇はないわ」

印籠を握って、「これは形見だから返せないけれど、あなた方の……任務、でいいの？とにかく、あなた方と私の家を結びつけていた縁は終わりよ。帰って」

石油ファンヒーターの音だけが、室内に流れ続けた。

「………そう……ですか」

薊が深々と礼をしてきた。

「それが姫さまの……主の命とあれば、致し方ございません」まえにも増して固い物言いだった。薊は二人に向きあい、「中忍の緋冴、下忍のホタル。両名の任を解きます」

緋冴は私に、ものすごく奥行きのある微笑みを向けてきた。ホタルは泣きそうな顔で、薊の膝に抱きついた。薊はホタルを抱きあげてから、

「二十輪宮まで咲いた百花も、これでおしまいです……二人はこれから、宗家に戻ってください。薊は頭として、最後の務めを果たします」

巫女幼女がわっ、と泣きだす。三人のまわりだけ、重力が歪んだような空気に包まれる。ホタルの涙や薊の肩に物々しい緊張感があるのを見て、私は頬を引きつらせた。場の雰囲気を変えたくて、微笑んでいる女性に尋ねた。

「あの、二十輪宮というのは……」

「第二〇代目ェ言うことどす」

徳川将軍でさえ十五代しか続かなかったのに。

「……あ、あなた方……これから、どうなるの？」

「ウチとホタルは下っぱやから、べつのお務めに振られますー……ただ薊は」真っ赤な唇の両端が、攻撃的に吊りあがった。「……お務めに失敗した、ということになりおすなァ。命を果たせなかった忍の末路は」

いきなり言葉を切られた。

「ま、末路は？」

緋冴はわざとらしくお茶をすする。

「末路はなによ、教えてよ！」

「……お姫さんが、お心にかけられることではあらしまへんから」どこからともなくハンカチを取りだして、目尻にあてがう。「薊、ウチもあとを追うさかい、待っとってねェ……」

「ちょっと……なにをするのかちゃんと答えてよ！」

「切腹いたします」薊はまったく表情を変えなかった。「……姫さまに見届けていただきたいと思いますので、明日お時間をいただけますでしょうか？」

「いただけるわけないでしょうっ！」思わずテーブルを叩いていた。「せ、切腹って……いつの時代の遺物よ！」

「……僕らの一族は、ただ主に仕えるため生きてきました」怜悧な美声は、少しも揺らいでいない。濁りもない。「一族の掟を破ったとあれば、薊は縊《くび》られるでしょう……自らの手で最期を飾るのは、せめてもの誇りです」

本気だ。

「……要するに、私がお姫様役を演じればいいの？」

「演じるなど、そんな。この印籠をお手にされたときから、美由樹さまは桜の……」

「ストップ！　とにかく、私がときどき話し相手になって……『まるごとバナナと午後ティー買ってきて』とか、適当に言いつけてあげればいいのね？」

「どのようなご下命でも、薊たちに否やはありません。薊たちを姫さまのくノ一として、お使いいただけるのであれば幸甚、これに過ぎるはございませんん」

私は合理的に生きている。

私が誰かと関係を持つとしたら、それは入念な収支計算を経た選択であり、偶然などありえない。私は得になるから関わりを持つのだ。

腕を組み、目を閉じた。

薊、緋冴、ホタル。三人とも有能なのはまちがいない。話し相手になるだけでコネを築けるのなら、お安い買い物ではないだろうか。べつに、彼女たちを放っておけないからではない。純粋に私の利益になると思うから——。

「……わかったわよ」

「ありがとうございます」

「ただし、必要以上に私の時間を取らないで！　私は、これでも忙しいの」

牽制のつもりで斬りつけた。

薊は畏まっていたが、緋冴は柔らかな微笑を返してきた。その真っ赤な瞳には、もう動かなくなった古時計を見るような優しさが浮かんでいた。

「…………ええ、わかっとります。姫さんの時間を……ムダにはせんつもりどすー」

私はなぜか、猛烈に恥ずかしくなった。お茶を飲んでごまかした。

薊がやにわに立ちあがり、やはり魔法のように着替えを取りだした。

上は救世軍ふうのジージャン、下はスリムジーンズ。ごわごわなモノを羽織っても、その胸とお尻は隠しきれないらしい。『プレイボーイ』の表紙から抜けでてきた理想のカウガールは、私の前で片膝をついて、

「それでは、夕餉《ゆうげ》の支度をいたします」

「………………」

先ほどまで。くノ一の掟がどうとか、切腹の介錯がああとか、ものすごく殺伐としたことを言っていなかったたか？

「姫さま、なにかご所望の品はございますか？」

「べ、べつにないけど……強いていえば、お魚がいいかしら……」

承りました、と頭を下げてくる。次に隣の巫女幼女と見つめあい、なにやら熱心に打ちあわせをし始める。栄養バランス云々のあたりはいいとして、「毒物の検出しやすさ」とかいうフレーズは、たぶん空耳だろう。

「姫さま。イワシ＝ハンバーグにするつもりですが、ご異存ございませんでしょうか？」

「いいんじゃない……………あの、ね？」

「はっ」と、薊。

薊が指の先までビシリ、と畏まる。右腕には、あちこち赤マルがつけられた新春特売の

チラシを挟んでいる。左腕には、由緒正しい藤編みの買い物カゴを提げている——。

「…………歴史って、生きてるのね」

一般的な男性の理解とちがい、家事能力とは分単位の作業を滞りなく続けられる技能のことだ。いわばベルトコンベアーの流れ作業に近く、家庭的だとか母性的だとかいった暖かみの挟まる余地はゼロに近い。効率的をめがけて自分のアクションを徹底様式化するものであり、その意味で非人間的だ。

薊は、すさまじい家事能力の持ち主だった。

食卓をあっという間に色と匂いと湯気で飾り、油が跳ねた台所を鑑識さえ騙せるレベルで元に戻した。献立はイワシを丸ごと潰したハンバーグ、つけ合わせの野菜炒め、モロヘイヤのお味噌汁、炊きたての白米、デザートにリンゴの黒蜜コンポート。

「……やっぱり、メイドさんになったほうがいいんじゃない？」

「姫さまがそのようにお望みでしたら、薊は『くノ一メイドさん』なるものになります」

くノ一から離れてよ。

四人でテーブルを囲み、いただきますと手を合わせた。

カチカチと箸の音が合唱し、小皿に取りわけたり醤油さしを取ったり、ちょっとした交通渋滞が生まれる。野菜炒めに混ぜられたピーマンの処遇をめぐって、薊とホタルちゃんが血の噴きでそうな睨みあいになる。食べなさい、ヤだ、頭として命じます、ずっこいシヨッケンランヨウだ。まあまあ二人とも、と緋冴さんが母親の顔で割って入った。ホタル、薊がどうしてオッパイ大きくなったかわかる？　それはね、ピーマンをたくさん食べたからなのよ。

思わず反駁しかけたお頭を目で制して、

「ですよね、美由樹サマ？　お姫さんも、ピーマン食べはりましたよね？」

「……そこで私に振ってきますか」

ホタルちゃんの目が、私の胸を見つめてくる。彼女のそばにいるのは薊と緋冴さん、アメリカ系と東欧系の超グラマーだ。幼心にもコンプレックスなのだろう。

「ええと…………そうね、割と食べたほうかしら」

緋冴さんと薊がそろって、口を「ありがとうございます」のかたちに動かしてきた。ホタルちゃんはため息をつくと、緋冴さんが白アリ駆除の偏執さで取り除いたピーマンの山盛りを一気食いした。

「うふふ、エラいエラい……これでウチも、心おきなく野菜とれるわー」

なんてヒドい人だ。

ハメられたと知ったホタルちゃんが、ぷんスカむくれてそっぽを向く。薊が無表情ながらも慌てた調子で、自分のハンバーグを切って渡してやる。小さな暴君はやっとキゲンを直し、最初から食べやすく切られていたハンバーグを丸呑みする。ホタルちゃんは、どうやら一気食いのクセがあるらしい――。

「……どど、どうなされました姫さま？」

薊が突然、私を見つめて両手をおろおろと泳がせてきた。

「え？　な、何言って……」頬を熱いモノが滴りおち始めて、やっと自覚した。「な、なんでもない！　なんでもないわ……」

「も、もしやイワシの骨が……申し訳ございません、薊の不注意で……」

「ちがうってば！　その、ちょっと……」眼鏡を外して、目尻を拭く。「ちょっとね……とにかく、薊さんのせいじゃないから」

「そうですか……」肩で吐息。表情は変わらないから、妙におかしい。「ところで、姫さま。ずっと気になっていたのですが……薊の名に敬称をいただくなど畏れおおいです。『忍』もしくは『くノ一』、でなければ『下僕』と……」

「……外聞ってものを考えてよ。じゃあ、薊と呼ぶわ」

食事はとても美味しかった。濃いめのお茶と合わせられたデザートは、泣きたくなるくらい甘かった。

「……では、夜も更けましたので」片づけを終えた薊が、私の前に正座した。「薊たちは、お暇《いとま》いたします……ただし、この家のそばには控えておりますので、ご用のさいは一声おかけください」

「待ってよ……この寒空のしたで過ごすつもり？」

当然といった雰囲気の頷きが返ってきた。

「…………」喉の奥が少し震えた。「そんな……この家に泊まっていってもいいわよ」

私は規則破りの寮生たちを馬鹿にしていた。誰かと一緒の空間で寝たところで、それがなんになるだろう？　非合理的な気の迷いだ、と見下していた。

「べ、べつに部屋は余っているんだし……盗られるようなものなんてないし……」

三人は深々と頭を下げ、感謝しますと言ってきた。

第二章　舐陰《クンニ》いたします

※

僕たちは膝をつきあわせた。

「……首尾は順調です」

美由樹さまの寝所から二間離れた即席の陣で、僕たちは膝をつきあわせた。

「計画通り、馴らしに入ります……緋冴、一番槍を頼みます」

「…………」

「どうしました？」

「お頭、いえ、薊……」真っ赤な瞳が、小さく揺れている。「なんも感じやせん？」

「これは任務です」

緋冴がため息をついて、肩を落とした。ホタルも気まずげに目を逸らし、ぶかぶかの袖を見つめた——美由樹さまが、自分のパジャマに着替えさせられたのだ。ホタルが薄汚れた装束のまま寝るのを見かねたらしい。

くノ一暮らしに慣れた僕たちには、ちょっと思いつかない配慮だった。ホタルは美由樹さまの好意に喜び、ぶかぶかをまとって嬉しそうにした。まだ縁のないブラジャーにも手を出しかけ、「こらっ」と叱られ笑っていた。

「また合理的に考えると、薊たちのしかけは『社会的成功を遂げる』という姫さまの目標にも沿っています」

「…………」緋冴の瞳が、ハッキリと炎を灯した。「アンタの母親の罪なんやけど……こないな化け物になってまうとは思わんかったなァ」

緋冴は副首領であり、師であり、そして母の親友である。彼女はときどき、僕を痛烈に批判する。その鋭さはわかるのだが、どこを斬りつけられているのかよくわからない。

「まァ、務めはちゃんと果たすさかい、心配せんでもエエ……いまはアンタの言うとおり、姫さんにはそうしてあげたほうがよさそうやしなァ」

「…………」

「姫さんは……あの娘は、とても熱い娘や。己の熱さに耐えきれなくて、自ら封じてしまうくらい熱い……」緋冴はすっと立ちあがり、「あの娘なら、アンタの氷を溶かせるかもしれん……ウチは、それに賭けてみる」

襖を開け、美由樹さまの寝室へと消えた。

「……薊の氷？」

なにを言われているのか、やはりわからなかった。ホタルが袖を垂らしたまま、僕の頭を「いい子いい子」してきた。

眠れない。

一度起きて、カーテンを開けた。冬の夜空は澄んでいて、どこかもの悲しく見える。月と星の冴え冴えとした光を浴びながら、私は寝返りをくり返した。

「…………」

ピロー代わりの毛布が、足に絡みついてくる。ホタルちゃんにパジャマを貸したので、いまは寮にいるときと同じ、ワイシャツ&ショーツ姿だった。

目を閉じて、深く息を吐きだす。

箸の合唱、お茶の香、ハンバーグの味。私のなかに今夜入りこんできたのは、とても温かなものだった。あのときは思わず目頭が熱くなり、涙腺を働かせてしまった──。

「……お姫さん、起きてはりますか？」

襖の陰から密やかな、湿り気を含ませた声がした。単に音量を落としたせいなのだろうけれど、ぞっとするほど艶めかしかった。

「……なにかご用ですか？」

「ほな、失礼さしてもらいおす……」雅なイントネーションで言い、フトンのそばに正座。右手をチャイナドレスの襟に、左手をその裾にあてて、「美由樹サマ、お姫さんになっていただきましてありがとうございました……」

「そんな……私、なにもしていないし……」

家事いっさいを取りおこなったのは薊だし、食費その他を出したのは緋冴さんだ。ホタルちゃんでさえ、寝るまえにはイヌを連れて家まわりのパトロールに出てくれた。私からみれば、パトロンと用心棒とメイドをワンセットで贈られたのに近い。

「ふふふ。お姫さんはホンマ、エエお人や。こないなお方にご奉仕できるなんて……ウチら幸せモンやなァ」

「まだ、なにか……お仕事を？」

私が身を起こすと、緋冴さんはクスリ、と笑って左手を床についた。膝を崩して横座りになり、右の小指を口元にあてた。

「……百花の緋冴、これより夜伽を仕ります」

「は……？」

一瞬、脳が止まった。

見てはいるが見えてはいない私の目前で、緋冴さんが波打つ赤髪を掻きあげ、チャイナドレスの前ボタンを外し始める。生白い胸元を露わにして、秘密の匂いをこぼしてくる。オトナの体臭とコロンを混ぜたそれは、あまやかな粘りをたたえている。膝と膝のあいだを少しずつ開き、太腿の熟れぶりと股間の暗がりを見せつけてくる。さらに掛けブトンに手をかけ、めくろうとしてきた。

「ちょ、ちょっと待ってください！」私はやっと脳の復旧に成功して、「いえ、ちょっとじゃなくて、ずっと！　ずっと待ってください！」

目尻を和らげた美貌が、艶めかしく傾けられた。

「……あら……ウチは、お姫さんの好みハズれてますか？」

「そういうことではなくて……わ、私は女ですよ？」

「はい。とってもかいらしい娘さんどす」

「緋冴さんも女性でしょう？」

「はい。いくらくノ一でも、アレは生やせません」

「だから！」掛けブトンを再び剥がされかけたので必死に押さえつつ、「お、女どうしで、その……そういうことするなんてっ！」

緋冴さんは右手の甲を口元にあて、そっと視線を逸らした。まだあげそめし前髪がリンゴのもとで見えたときのように頬を染めて、

「…………エエで？」

そうじゃなくてっ、と叫んだ隙にめくられた。

「おや、まあ……とってもしやすい格好になってはりますなァ」

「これは、ホタルちゃんに貸したから……あっ！」

緋冴さんは自家製ピローを押しのけて、領土に潜りこんできた。隣に添い寝して、暴れる私を抱きしめた。

「……いい加減、気づきおし」腕に力が込められ、ふくよかさに迎えられる。「なんで、あないに不細工な枕こさえなアカンの？　痩せガマンもほどほどにおし」

「わ、私っ、べつに……」さらに強く抱きしめられた。緋冴さんの体温が、じかに伝わってきた。「……ガマン……なんか……して……な…………」

ゆっくりと髪を撫でられた。

「ウチらにとって、美由樹サマはお姫さんや。好きにしはってエエんどすえ」

「…………」

両腕が、まるで操られているみたいに緋冴さんをつかまえる。ボディ＝ピローと同様に、背後まで回して抱きしめる。無生物にはない温もり、生きた弾力。ちょうど目前の胸に顔を押しつけると、成熟したふくらみに挟まれた。懐かしい触感と匂いに包まれた。

「…………は、ぁ……」

喉の奥が熱い。大声でなにか喚きちらしたい。息を荒くしたまま抱きしめる。頬や身体を、人肌の柔らかさに擦りつける。

「……エエ娘やねぇ」私の前髪を掻きあげて、「美由樹はホンマ、エエ娘や……」

真っ赤な唇を押しつけられた。独特の濡れた触感が、剥きだしの額に広がった。

「…………ッ！」

思わず叫び声をあげるところだった。みっともない顔をしていただろう私に、緋冴さん

はにっこりと微笑みかけて、

「ウチに委せたって……」

私のうえに乗ってきた。ヒト一人分の重み。温かくて柔らかなプレッシャーに、私はポーッとさせられた。

緋冴さんの白い指が、頬を撫でてきた。眉間に再び、真っ赤なキスを降らされた。ついばむようなものなのに、撃ちぬかれた気分にさせられた。キスは左の瞼、鼻の付け根、鼻頭と下りてきて、

「……ココは、本気の相手にあげるモンやからね」

私の唇を飛びこして、あごの先に降った。そこでチロリ、と舌先を伸ばし、軽く舐めてきた。唇よりも濡れて、なめらかな感触。骨までぞわり、と震えさせられた。

緋冴さんがワイシャツのボタンを外し、前をはだけさせてくる。そのときになってノーブラなのを思いだし、反射的に真っ赤になった。

「きゃあっ！　み、見ないでください！」

「なに言うとるの」隠そうとした私の両手をやんわりと押さえて、「かなりのモンやと思っとったけど、それ以上やわ……お姫さん、こないにキレイなンを恥ずかしがっとったら、イヤミになりますえ」

オトナの美女そのものみたいな人が、茶目っ気たっぷりに眉をあげる——お肌しっとり、

羨ましくらいキメ細かいわー。お乳もたっぷり、ああ、薊みたいになってまうとえずくろしから、これくらいが一番なんよ。それに、土台とサクランボさんのバランスも絶品や。

「……隠さんでエエんよ」真っ赤な瞳が、私を強く諭してきた。「お姫さんはキレイや。キレイは、絶対の正義や……自信を持ちぃ。堂々と恥ずかしがりおし」

矛盾しているのに妙な説得力があって、私はつい吹きだしてしまった。緋冴さんも微笑み、もう一度、額からキスを並べてくれた。頤までできて、そのまま首筋に移った。

「…………んふぁ……」

左手で私の手を握り、右手で頬を撫でながら、首筋を舐めおろしてくる。チロチロとした舌先のそよぎが、私のなかに波を送りこむ。肉厚の唇は喉元までくると、反対側の首筋を舐めあげた。あごの線を越えて、最後に耳たぶを噛んだ。

「……ふあっ！」

電動歯ブラシとは、まるでちがう。人の唇は、肌を優しく覚醒《めざ》めさせてくれる。濡れた鼻息はこそばゆく、舌の摩擦はうっとりする心地よさだ。

緋冴さんは再び額にキスし、眉間、鼻の頭、あごの先と夢心地の正中線を降りてくる。さらに喉のど真ん中、鎖骨のあいだ、どちらでも舌を踊らされ、背筋をゾクゾクさせられた。波打つ赤髪が右に揺れて、私は次の愛撫に思いあたった。

「…………だ、だめです！」

「お姫さんは、桜の姫サマ。桜は乱れてこその花どすえ……」

護ろうとした手を払いのけられ、鎖骨にキスされた。

「はう……ッ……」骨に沿って電気が走る。「……ッう、ふうっ、ふわぁ……」

ものすごいパワーの掃除機を押しあてられて、全身の感覚を一気に吸いだされたみたいだった。皮膚だけ残して身体の中身を縮められ、いたたまれなさのあまり足を擦りあわせる。緋冴さんが軽く舌を伸ばし、右肩まで舐め走らせてきた。

「……ふわあああ！」

自分でも驚くような声が漏れた。たまらず身をよじり、半身になる。緋冴さんはまるで予期していたように、私の左肘をつかんだ。万歳の仕草に持ちあげ、露わになった腋のしたに鼻を差し入れる。少し汗ばんでいる暗がりをペロリ、

「お姫さん、とってもエエ香りやなァ……」

「やっ、だ、だめ……ふあああああ！」

みっしりとくすぐったい。身をよじり直すのに合わせて、また鎖骨を舐められる。肩口から胸骨まで横に這わされ、舌のヌメヌメを染みこまされる。それだけで、大きな重しを乗せられているみたいに全身が痺れた。

動悸が激しすぎて狂おしいのに、狂おしいはずなのに、「もっと」と漏らしそうになる。その気持ちを見抜いているように、緋冴さんは私の両肩を抱いて鎖骨を舐め続けてくる。

「……さん……お姫さん……」

しばらくのあいだ、呼ばれているのに気づけなかった。

「……そないに気張って声を殺したら、あきまへん。酸欠になってしまいますえ」

汗びっしょりの目元を拭われた。緋冴さんは私の胸のうえで両手を組み、そのうえにあごを乗せて見下ろしてくる。

「お姫さん、女心地になるンをうしろめたく思うてはりますな？」

「…………」

「これはなァ、当たり前のことなんよ……」緋冴さんは両手を解き、私の胸に下ろしてきた。「神さんが、ウチら女に与えてくれはったご褒美なんどす」

ブラジャーのボーンみたいに付け根を押さえ、したから支えあげてくる。乳房が揺らされ、尖端部が空を斬る。そのわずかな刺激にも、私は新鮮なものを感じてしまう。

「気にせんと乱れなはれ……」指を沈みこませてくる。「こないなときぐらい、思いっきりワガママになりなはれ……」

幼児に向かって「いないいないばあ」をくり返しているような揉み方だった。くすぐったさの陰から現れる妖しいこだまが、ふくらみのなかに反響した。

「……ふあ、あ……あああ、ああ……」

マニキュアを塗った指先が、しだいに力を強めてくる。乳房だけでなく腋のした付近まで、ゆっくりと揉みこまれる。一度引いた汗が再び滲みだし、私の肌をてからせ始める。胸の尖端は、自分で歯ブラシを押しあてているときよりも硬くなっていた。小さな心臓みたいに脈打ちだしていた。

緋冴さんが頭を下げ、右の頂きを見つめてくる。真っ赤な瞳にチシャ猫の笑みを浮かべて、やはり真っ赤な唇を開いた。

「……初めてやね？」

なにが、と訊くまでもない。特殊な体型の持ち主でない限り、自分で自分を味わったりはできない。粘膜どうしを重ねられるのは、ふつう二人からなのだ。

胸の尖端に、ぬめらかな熱気がかかってくる。未知の刺激を予感して、背筋がゾクゾクし始める。緋冴さんはたっぷり三〇秒の溜めを挟み、長い舌を伸ばしてきた。乳首ぜんたいを押し包み、ゆっくりと舐めあげてきた。

私の呻きは、きっと部屋の外まで漏れただろう。薊やホタルちゃんに聞かれてしまったかもしれない。声を抑えようと気張ったところを、再び舐めあげられた。呆気なく崩されて、真っ赤な喘ぎを漏らしてしまった。

「ああっ、だ、だめっ！」

怖い、と思った。

自分の身体をコントロールされる、他人の愛撫に操られる。自分で慰めているときとは、受け身の生々しさがまるでちがう。私は初めて、「女になる」ことを実感した。それはいままで病気ひとつしてこなかった健康な人が、急性盲腸でいきなり開腹手術を強いられたときの恐怖に近いかもしれない。

「いや……いやあっ！」

これまでの拒絶とは異種の金切り声をあげて、思いきり身をよじる。緋冴さんは再び、私を抱きしめて、

「怖くない……怖くないんよ……」私の背をあやすように叩いた。「……怖くない……お願いやから、ウチを信じて……」

額に、キスのおまじない。

「……すぐエエ気持ちになれるから……あないな枕ナシで寝られるようなるから……」

首筋、鎖骨、肩。腋窩、胸の谷間、おヘソ。口づけの雨を浴びた。

「……あ、ふあ……あっ……あ、あ、あ……！」

柔らかくて、ほんのり湿っていて、そして温かい連打だった。全身の緊張感が溶けていき、なんだか関節まで柔らかくなったみたいだ。私の目尻から不安が抜けたのを見取ったらしく、緋冴さんがまた胸をつかんでくる。マッサージするみたいに揉みたてながら裾野に頬を擦りよせて、

「………委せたって、ね？」

私は、ホタルちゃんみたいに頷いていた。

緋冴さんの真っ赤な唇が、私の尖端に近づいてくる。歯ブラシで磨いているときとは比べモノにならないくらい、そこは尖っている。ほのかな吐息。生ぬるい湿り気のあとで、ぬめらかな圧迫に包まれた。

「……ふあああああ……」

緋冴さんが唇をすぼめ、全方位から締めつけてくる。胸の先端を濡らされているだけなのに、髪を洗っているようなびしょ濡れ感を覚える。

ぬめらかな密室のなかを、長い舌が泳いできた。乳首の頂きをノックされた。

「……ああっ！」

緋冴さんが唇を「う」と「お」の形に開け閉めしながら、舌を繰ってくる。乳首を磨いているみたいに擦りあげ、からかうように押してくる。粘膜どうしの戯れが、これほど甘美なものだとは思わなかった。私は両手で口を押さえ、こみあげてくる甘い呻きを押し殺した。

反対側の乳頭もくわえられ、同じように舐められる。それが終わったと思ったら、今度は左右の胸を中央に寄せられ、左右一緒にくわえられた。

「だ……ああっ、だめぇ……」

正直に告白すれば、本気の「だめ」ではなかった。オトナの女性《ヒト》はもちろん、拒絶の陰に見え隠れするものに気づいてくれた。瞳をくるりと回してみせただけで、両方どうじに舐めてきた。

背筋を震わす粘性の快感が、挟みうちでやってくる。胸での刺激が、なぜか背骨の内側にまで食いこんでくる。みっしり、かつ、ネットリしたくすぐったさに、魂まで溶かされてしまいそうだ。やがて縦に丸めた舌先を左右の狭間に出し入れされ、舌裏のもっともヌルヌルした粘膜で擦られた。

たまらなかった。

「はあああ……いい……」驚くほど素直に言えた。「き、気持ちいい……」

緋冴さんが胸から顔を離し、また安心のおまじないをしてくれた。

私の上半身を抱え起こし、右腕を背に回してピエタのポーズを取らせる。そのまま私の右胸をつかみ、指先で乳首を押さえる。左手で私の乱れ髪をかきわけ、頬を撫でた。首筋、胸の谷間、おヘソのあたりまで滑らせてきて、一線を越えた。

「…………ッ！」

私の緊張をなだめるように、右乳首を捏ねてくる。赤ん坊の指を相手にしているような優しい手つきが、私に快感と安心を与えてくれる。

緋冴さんにとっては、怖がる私をなだめすかしながらのプレイだ。夜のパートナーというより、トレーナーをやっている気分だろう。かつて江戸時代のお姫様は、春画をテキストにして先輩たちからセックス＝カウンセリングを受けたそうだけれど、いまの私たちがしていることはそれに近いのかもしれない。

緋冴さんの指がショーツを越え、内腿のあたりを撫でてきた。熊手のかたちで熱っぽくなっている肌をあやし、膝のあたりまで下りたら付け根にUターン。白いショーツに触れるかどうかというところで股間を飛び越え、反対側の内腿を撫でおろす。たいして力が込められてはいないのだけれど、その行き来をくり返されるうちに、私はあられもなく下肢を開かされていた。胴底の温もりと微妙なチリチリ感を、いつになく味わっていた。

「ほな、次はもっとエエ気持ちに連れてってくれはるところや……」

キレイな指が、わななく股間に差しのべられた。まるで小犬の頭に手を乗せるように、その部分を押さえられた。

「……………う、あ……あ、あああ……」

胴の真下に他人の手がある。恥ずかしいと思う一方で、一人では抱えきれない秘密を共有してくれる人が現れたような安心感も覚える。

緋冴さんが私の瞳を見つめながら、底の手を動かし始めた。

ショーツのうえから前後に、曲面をなぞるみたいに。私を怯えさせないようあまり力を加えず、指先の繊細さを塗りつけてくる。胴体そのものを揺らされているような心地に、私は爪先を丸めていた。自分から緋冴さんに抱きつき、チャイナ服の襟をしわくちゃにした。

「……ほら、べつに怖いことないやろ？」

指先が女性器の形をなぞり始める。恥丘のまるみを意識させられる。自分の裂け目がどこから始まってどれくらいあるのか、改めて悟らされた。私は奥歯を噛み、カメのように首をすくめ、ときおり背筋をビクつかせた。

「……お姫さん、気づいてないようやけど」クスッ、とオトナの笑みが降ってきた。「エラい情熱的やねえ。もうこないに濡れてはる……」

緋冴さんが左手をあげて、軽く振ってみせた。窓から差しこむ光に照らされ、白い指は油を塗られたみたいに輝いた。そのまぶしさを目にしたことで、私はやっと自分の惨状を知った。股布には、早くも楕円形の滲みが生じていて——少し匂った。

頭の奥で爆発音がした。

物も言えずに両手を伸ばし、股間を隠そうとする。緋冴さんは左手ひとつで抵抗を払いのけて、私のそこをあられもないままに留め続ける。

「……うふふふ、初々しなあ……お姫さんはホンマに、かいらしい娘やねえ」

ややワルっぽく囁かれた。

「……あう、うう……ううう—……」

手玉に取られているようで悔しい。なのにどこかホッ、としている自分もいる。熾火《おきび》のように燻り続けている快感も手伝って、頭のなかで地震が起きていた。どうしようもなく目頭が熱くなり、気がついたら涙をこぼしていた。緋冴さんが頬にキスし、涙の線を舐めあげてきた。

「エエんよ。泣きたくなったら泣く、叫びたくなったら叫ぶ……」

これまでとは異なる力強さで股間を押さえられる。中指の腹をもっとも湿っている部分に食いこまされ、粘膜と股布をじかに密着させられる。

「……それは閨のオンナに許された特権なんやから」

緋冴さんの中指が、ショーツのうえから掘ってきた。

「あっ、んあっ！」

薬指と人差し指で左右の花びらを挟まれ、真ん中だけを浚渫《しゅんせつ》される。濡れたショーツの御守りが、犯されている感を和らげてくれている。生まれて初めて、他人に身体を掻きわけられる衝撃。私は呆然と興奮に引きさかれる。耳たぶまで熱くなり、視界そのものが潤みだす。ああ、ああ、とわれながら色っぽい声で鳴いてしまう。

これがホントの交わり、愛のあるセックスなんだ。

緋冴さんの指先が送りこんでくる快感は歯ブラシのそれとちがって、少しも押しつけがましくなかった。私ひとりでは具体化できない欲望に手を差しのべて、そっと引きだしてくれているようだった。

左指の開墾はペースを保って続けられ、私は着実に押しあげられる。首まわりの肌が真っ赤になり、腋窩から汗が垂れた。意識すまいとしていたけれど、もうショーツの粘音を無視できなくなっていた。

「…………お腹の底から叫んだってや」

私の呼吸が整うのを待って、濡れた溝を掘りあげられた。それじたいは少し深かったくらいだけれど、最後のトドメが強烈だった。真っ赤に塗られた爪が、ここまで放置されていた女性の突起をひっかきあげた。

「……ああああぁ！」

私は、呆気なく達していた。

緋冴さんに導かれたそれは、静かな波のようにスムーズで、時間の流れとしっかり結びついていた。言いかえるなら、ごくごく自然な、当たり前の身体現象だった。私は少しだけ息を止め、手足を微痙攣させた。呼吸できるようになるやいなや、気持ちのよい汗を噴きださせた。緋冴さんにしがみつき、露わな胸板に頬を擦りつける。身体の芯に残る痺れを、うっとりと噛みしめる。

独りで慰めていたとき、「これ」は画然と区切られるものだった。

足の指が引きつって、頭の奥がシーンとして、エトセトラ。本能に書きこまれたプログラムを手順通りにたどり、私のなかに「イっている私」を顕現させる。それはまるで、別

人に乗り移られるような体験だった。

「あああ、あああ！　ふああ……ふあああ……！」

でも、ちがうのだ。「イッている私」も私であって、なにひとつ変わるわけではない。

孤独の遊戯をくり返してきた私は、そんな当たり前のことにやっと気づかされた。

「……ね？」緋冴さんは、私を力いっぱい抱きしめて、「これは怖いもんやないし、なんや特別のものでもない……ただ、こうして肌と肌をくっつける気持ちよさが、ちょっとだけあふれ出したもんなんよ」

緋冴さんの口調は、本当にカウンセラーみたいだった。

「お姫さんが、気持ちようなるンをうしろめたく思っとったのは、心にゴマカシがあったからや。お姫さんは単に、人肌恋しかった……」

少し時間を取って、

「……寂しかったんやろ？」

「…………」

「ウチらでよかったら、いつでも呼んだってください……ホタルは、まだムリやけど」

顔をあげ、目と目で見つめあう。どちらともなく吹きだしてしまう。緋冴さんは私を壊れ物のように寝かせ、自らも隣に臥した。こちらを向いて肘枕をつき、私の髪をゆっくりと撫でてきた。

「お姫さんが眠るまで、こうしてそばにおります」

「…………うん」

歯ブラシやバイブでしたあととちがい、温かな疲労が込みあげてくる。意識と充実感が、利のいいレートで交換される。眠気を甘く感じたのは、実にひさしぶりだった。

私は印籠の持ち主となれたことを感謝しながら、睡魔に身を委ねた。

もうボディ＝ピローは必要ない。本気でそう思った。

起きるのが、とても気恥ずかしかった。

でも、ひさしぶりに気持ちのよい朝だった。

枕元に替えの下着と、新しいワイシャツが並べられていた。いそいそと着替え、客間に出た。すでに暖房が焚かれ、よく温められていた。卓の四面に並べられたザブトンが、同居人の気配を漂わせていた。

嬉しいような居たたまれないような、自分でもいわく言いがたい気持ちになった。私はサンダルをつっかけ、朝の寒さで気を引きしめようと外に出た。眼鏡をかけず視界をぼやけさせたままでいるのが、ちょっと心地よい。

「…………な」

まだ薄暗い灰空のした、ほぼ全裸の美少女が踊っていた。

地に届く長さのポニーテールに、雪の輝きを思わせる肌。胸に黒いサラシを巻き、お尻に黒いのフンドシを締め、靴代わりに腿までの長足袋を履いている。見ているこちらまで寒くなってくるけれど、彼女は汗びっしょりだった。

――……ふッ……はッ……………はッ！　……ふッ……！

改めて、同じ日本人とは思えない手足の長さに驚かされる。しかも適度に肉が乗り、中距離選手のしなやかさも兼ね備えている。体つきじたいがアスリートのそれで、肩の迫力やうっすらと浮いた腹筋がマスキュリンな魅力を醸しだしている。

（それでいて……）

胸とお尻はあのとおりなのだ。身体のなかで、いったいどのように脂肪を割りふりしているのだろう。FかGまでいきそうな胸は、胸板の動きに一歩遅れるくらいたわわだし、逆ハート型のお尻は、たくましさとふくよかさを奇跡の配合でまとめている。谷間のフンドシが、乙女心にも三島由紀夫的イケナイ感を掻きたててくる。恥ずかしくなって目を逸らしかけたとき、裸舞踊が止まった。

「……おはようございます、姫さま」

そんな格好で爽やかにあいさつされても。私は口のなかでごにょごにょ、とあいさつし、反応に困って「何の踊り？」と尋ねてみた。

「踊りではありません」まだ汗を流し続けながら、こちらに近づいてきた。「体術……百花忍の基本的な身体訓練です。次はクナイという刃物を使いますゆえ……申し訳ありませんが、しばし庭からお離れくださいませ」

「あ、うん。わか………！」

眼鏡をかけていなかった私は、汗の匂いがわかる距離になってやっと、それに気づいた。

蒴の身体は、無数の刃物傷に覆われていた。いくつかは、見ているこちらの神経までシクシクしてきそうにヒドいものだった。

「………くノ一ですから」

私は気圧されたように、軒下までさがった。

「お姫さん」と、背後からの声。「そろそろ、なかに戻らはったらどうどす？　お指の色が変わってはりますえ」

真っ赤なチャイナ服の美女が、縁側を開けてくれた。

「………あ」

昨夜のことを思いだし、私は負けず劣らず真っ赤になってしまった。

緋冴さんは悪戯っ子の目になり、「女は月夜の記憶をさらりと流せなあきまへん」。なかなか動揺を静められない私を気づかうように視線を移して、

「……お姫さん、あれは誰がつけたと思われます？」

「え？　さあ……」

「あの娘の母親どす」

薊がクナイを振りまわし始める。空気を斬る音が、連続して聞こえてくる。

「べつに、いま流行りの幼児虐待やありません。むしろ熱心に……やりすぎなくらい子育てしてた思います。ただ……あの子の母親は生まれついてのくノ一で、それ以外のことを知らんかった。ふつうの母娘《おやこ》いうモンが、まったくわからんかった」

お日様が灰色の雲を掻きわけて、まだ弱々しい陽光を降らせてきた。

「あの娘は、実の親から一度も抱かれたことがありません。たぶん、笑いかけてもろたことさえないはずです。その代わりに……」

冷たい光を浴びて、薊の白い肌は煙るように輝いている。長い長いポニーテールが、光と白のあいだを鞭の舞で振りぬく。躍動する手足。さまざまな力が流れ、粘り、ひとつの女体に象られる。まるで、目の前で氷の彫刻が作りだされているみたい——。

「……お姫さん、どうかよろしゅう頼んます」

私はいつの間にか、両手を固く握りしめていた。

食事を終えると、私は勉強を始めた。
薊は家事をやりだした——ジーンズ姿で雑巾がけをするのが死ぬほど似合うくノ一、というのは、正直どうだろう？　緋冴さんは「パパ三号さんとしんねこしてきますー」。ホタルちゃんは薊が作ったオニギリをしこたま受けとり、秋田犬を旗艦とするワンワン連合艦隊総司令官として出陣した。

私はひたすら、問題集と格闘し続けた。

やがて、田舎には生きのこっている17時のチャイムが聞こえてきた。さすがに疲れて、縁側の窓から庭を見やった。冬の夕暮れは、殺風景な景色を物寂しい朱に染めていた。

「……姫さま」

薊が、お茶と羊羹を差しだしてきた。

「あ、ありが……」礼を言いかけて、私は全身を硬直させた。「…………」

薊は黄色いエプロンをつけただけの、いわゆる裸エプロン姿になっていた。私の隣に座るさい、ちらりとサラシが見えたので丸裸ではないようだけれど、それがなにかしらの救いになるわけもない。胸の谷間はなにかを醸していそうに深いし、下肢の曲線美はフリルの端から惜しげもなくさらけ出されている。

私は目のやり場に困り、「どちらかを残せるんだったら、ふつうはショーツのほうを取るよねえ」などとズレたことを考えていた。フンドシを脱いでもサラシは解きません、というのは、トップレスが一般化しつつある世界のファッション事情に逆行していて、ちょっとヘンなのではあるまいか。

いや、問題はそんなところじゃなくて。

「……先ほど、緋冴から連絡がありました」と、薊。少し顔を伏せて、「今晩は戻られなくなったそうです……したがいまして、今宵は薊がおそばをお務めいたします」

「…………ッ！」

私と緋冴さんが昨夜なにをしていたか、完全にバレているらしい――あれだけ大声で喘いでおいてバレないほうがおかしいのだけれど、いざ突きつけられると恥ずかしすぎる。

「……夕餉は二時間後の予定です」

「…………」

夜。襖越しに呼びかけられた。

「……入って」

短く言うと、薊は音もなく枕頭に正座した。

ポニーテールを解かれた黒髪が、畳のうえで泳いでいた。サラシとフンドシだけの下着姿は、月明かりだけでも銀色に浮かびあがっていた。私がフトンの端をめくって誘うと、刃物を振りまわす女戦士とは思えない仕草で潜りこんできた。

薊は体温が低いらしく、隣にいても熱は感じなかった。ただ、長身でグラマーなだけに、存在感はケタちがいだ。ドーベルマンなどの大型犬がそばにいれば、こんな感じを受けるのかもしれない。

「…………」

「…………」

「…………あの」天井の木目を数えるのにも耐えられなくなってきて、「ええと……これから、その……どうするの？　緋冴さんの場合は……その、アレだったけれど、あなたのお務めってのは……どうするわけ？」

「姫さまの欲されるとおりになさってください」

「私も子どもじゃないから、言わんとしていることはわかるんだけれど……」

私は女だ。

「…………困りました」

あいかわらずの無表情だけれど、眉のあたりに力がなかった。本気で困っているらしい。

私は妙におかしくなって、向きを変えた。薊の横顔、鋭い鼻稜を見つめた。

「じゃあ、話でもしようか？」

「姫さまが望まれるのでしたら」

「そうね……」悩んだけれど、押しきった。「あなたのお母さんについて教えて」

「…………先代ですか」無色透明な口調だった。「先代は一流の忍でした。同門のくノ一として、敬意を抱いておりました」

「……お亡くなりになられたの？」

「はい」

彼女にかかっている掛け布団が、大きく浮き沈みし始める。表情や口調は抑えられても、呼吸まではコントロールできないらしい。

「先代は、公私の別を完全に分けられる方でした……そのはずでした」やや舌が重くなった。「しかし、先代はその最期において……主命に反されたのです。そのとき先代は……母上は、僕の手さえ振りきって」

私は彼女の頭をかき抱き、ワイシャツの襟元に引きこんだ。

「ひ、姫さま？」腕のなかで、薊がモゾモゾと暴れる。「いったいなにを……」

「……私の好きなようにしていいんでしょ？」

私は予想以上に柔らかな女体を抱きしめ、強く強く押しつけた。自然と、髪の匂いを嗅ぎとった。びっくりするほど優しい匂いだった。

「…………」

確認のためだ。

自分がなにかもらったことを確かめるには、誰かに同じものをあげればいい。

私は合理的なことしかしない。私の行動はすべて、私自身の未来に対する投資だ。私は緋冴さんに満たしてもらったことを確かめたかったから、だから薊を抱きしめたのだ。

薊が大きなため息を漏らしてきた。

熱い呼気に、胸のあたりをくすぐられた。その感触と人の頭独特なボリューム感が、急な眠気を呼び起こした。私はすみやかに、深い眠りに誘われていった。

※

「……アンタがお寝坊さんなんて、えらい珍しねえ」

僕はすかさず目を開いた。

巻きついている腕を払い、後転の要領で立ちあがった。半開きの襖の陰に、緋冴の真っ赤な姿を認めた。

「おはよーさん……朝の支度はウチがやっときました」

部屋の明るさからいって、いまは朝六時ごろだ。とっくの昔に起きて、基礎訓練を始めていなければならない時間である。

「………どうして」

このような失態をしでかしてしまったのか。緋冴がにっこりと微笑み、目の動きで美由樹さまを示した。

「今夜もあんじょう頼みますえ」

「………」

「……薊。それは弱さとはちがうんや」急に鋭い目つきになり、「そのことがわからんのやったら、アンタはそれ以上強うなれん…………アンタの母さんを超えられんよ？」

それは唯一、僕の表情を変えるセリフだった。

僕は黙って庭に出て、いつもの訓練を始めた。


三時のおやつ。緋冴さんが出したお茶菓子は、あんぽ柿と黒かりんとうだった。実はこれ、ホタルちゃんのリクエストだ。

テーブルを囲むのは三人。蓟は所用があるらしく、外出していた。緋冴さんはチャイナドレスのまま緑茶を飲んでいた。ホタルちゃんは手持ちぶさたぎみに正月版の分厚い新聞をめくり、「しょうらいのゆめ」と題されたありがち企画を読んでいた。

ぼくのゆめは、ウチのようにシアワセな家ていをつくることです。結こん相手が仕ごとを続けたいと言ったらぼくがおかあさん役をやりたいと思います。わたしの夢は、日本初の女性そう理大臣になることです。そしたら金ゆう規せいをだん行して、六本木のハゲタカどもからおカネをムシって、それで困っているゼネコンさんたちをえづけして、第二のカクエイになります。

ホタルちゃんは最後まで読むと、ため息をついた。

「サイキンの若い子はハキがない」

そうかもね。

「……ときにお姫さん」

緋冴さんが絶妙のタイミングで斬りだしてきた。

「昨夜はしっぽりできましたか？」

お茶を噴いた。

緋冴さんはまるで予期していたように、手に布巾を持っていた。被災地をていねいに拭き、私の咳が収まるのを待ってから、

「それとも、ねっとりいきましたか……お姫さんったら、そんなご無体な……ああっ、でもスゴい……そ、そないにエグいマネしなはるなんて…………と、飛んだっ？」

「勝手な幻視しないでください！　しっぽりもネットリも……」

言い終えるまえに、ホタルちゃんのキョトンとした顔が目に入る。私の声は尻すぼみになり、ただ耳の熱さに耐えた。

「……やっぱりどしたか。お姫さんも、蓟も、奥手やからなァ」

「サイキンの若い子はハキがない」

「せやけどウチ、まァたパパさんのカウンセリングに呼ばれとるんどす。今夜も、蓟にがんばってもらわなあきまへん」

私はなにか言いかけ、どもり、一人で百面相をしてからやっと舌を動かした。

「………べ、べつに毎晩しなくても……」

「お姫さん、明日には帰られるんでしょう？」

ハッ、となった。正月休みが終われば、私は此花女学園に戻る。このちょっとした一家団らんともお別れになる。

顔を合わせてまだ三日。三人とも素性がよくわからないどころか、ムチャクチャすぎるほど怪しい人間たちだ。なにしろ、くノ一服でチャイナドレスで巫女装束なのだ。刃物を振りまわすし、パパさんを転がすし、『もののけ姫』を地でいくし。おしかけメイドにしてパトロンにしてSPにして家ぞ——とにかく、あやしい集団だ。しかも、私たちの接点は印籠ただ一点にすぎない。

「奉公溜めいうのもヘンやけど、できるうちに……ね？」

「…………」

「それになァ、夜伽は……ウチらにとってのご褒美でもあるんどすえ？」

私はふと、薊の立ち居振るまいを思いだした。

彼女は私とすれ違えば、いきなり端に寄って片膝をついた。私がなにか言おうとするまえにその気配を察し、サッとこちらを向いてきた。基本的には出しゃばらず、つねに受け身。用件があるときしか発言しなかったし、彼女の意見をまったく出してこなかった。

薊はいわば、「黙って三歩後ろをついていきます」を地でいく娘なのだ。夜伽イコール報賞という封建的な価値観を、まだ強く持っているのかもしれない。

「ほなら、今夜はコレでいってみましょかー。まずは、お姫さんのぶん……」

緋冴さんは、ニコニコしながら両手を合わせた。その狭間から、まるでマジシャンのように薄布を産み落とした。

「……こ、こんなの着れません！」

淡いピンク色のそれは、アンダーの四点セットだった。ストッキング、ガーターベルト、ショーツ、ブラジャー。すべてレース造りで、肌の遮蔽率は四割を割りこんでいる。隠すのではなく見せる、包むのではなく飾る、オトナの戯れで作られているものだ。

「あら、似合うと思いますけどなァ。お姫さんの肌は、このくらい明るうしても負けへん。きっと、華やいでくれはりますえ」

「サイキンの若い子はハキがない」

「…………」

ほんで、蒴にはこれや。緋冴さんはべつの下着を取りだして、桜色の隣に並べた。チューブ＝ブラとマイクロショーツのセット、色は深い紫だ。レースの類は使われていないけれど、上下ともに攻めていた。特に、ショーツは三角形の眼帯みたいだ。

「最後に、と……ホタル、アレ持っとるやろ？」

アダルトな下着を興味津々と見つめていた幼女は、勢いよく頷いた。

「……あれってなんですか？」

「お姫さん、薊はウチの教え子でもあるんどすえ……」

緋冴さんは夕食を摂らずに発った。私たちは三人で、生タマネギたっぷりのヅケ丼と納豆汁とからし菜の漬け物を食べた。

（……ホタルちゃん、いったいなにをするつもりなのかしら）

私はそれが気になっていた。

薊は今朝から、ずっと雰囲気が硬かった。昨日とちがって家のなかでも忍者服——さすがに鎖帷子は外しているけれど——で通し、常在戦場な緊張感を振りまいている。

ホタルちゃんも、なにか気がかりがあるらしい。静かなのが息苦しかったらしく、この家に来て初めてテレビをつけた。不慣れなのが丸わかりの一本足打法でリモコンを操作し、落ちついた先は新春特番の長編時代劇だった。

『黄門さま湯けむり漫遊犯科帖、関八州特別編八時間！』。悪夢のような闇鍋は、ちょうど上野《こうずけ》編に入っていた。例によって例のごとく鹿威しがカッポンと鳴って料亭の障子に二つの影。

うははは、して越後屋よ、今宵のマンジュウはどれほど甘いのかのう？　ほほほ、お代官様の舌は肥えていらっしゃいますからなあ、私どもも考えあぐねまして、今宵は金色のモノだけではなく白くて瑞々しいおマンジュウもご用意いたしました。ぐふふふ、瑞々しいおマンとな？　これはお代官様、そのように略されては。

「……姫さま」

珍しく薊から声をかけてきた。

「よいではないか？」

「………は？」

「よいではないか、あ、よいではないか！」

ちょっと待ってよ。叫び声を抑えこみ、薊の顔をじっと見つめた。いつもの無表情っぷりは変わっていないが、黒瞳の奥が悩ましげにうねっている。

「……ホタルちゃん」半分ほど減った薊の丼を見つめて、「なにを盛ったの？」

「サイキンの若い子はハキが……」

「いいから、答えて」

「……えっとね、お酒をガオーッってしたやつ」

ホタルたち獣忍はね、実は匂いの遣い手なの。だから、言葉の通じない動物さんたちとも仲よくできるんだよ。もちろん、対ヒト用にもいろいろとあるんだ。

「それで、こんな……」背に生温かい汗を垂らしながら薊を見やった。「微妙な……生煮えの支離滅裂になったわけ？」

ホタルちゃんは丼を平らげ、味噌汁を一気飲みしてから答えた。

「だいじょうぶ、しっぽりすれば治る」

全然だいじょうぶではない。

「緋冴が言ってた。蓟って、ホントは『ダキツキマ』なんだって。だから……ね？」

ね、じゃなくて。

口をぱくぱくさせているうちに蓟に抱えあげられ、いわゆる「お姫様抱っこ」で運ばれる。緋冴さんのしかけは抜かりなく、寝室にはすでに、濃緑色の布団が敷かれていた。部屋の隅には伏見稲荷の和ローソクが燃やされ、部屋のなかに暖色の夢を灯らせていた。

蓟は私をそっと座らせると、片手だけでワイシャツのボタンを外してきた。昨夜のマグロっぷりとは比べモノにならない手際だった。あっという間に前をはだけられ、ブラジャーをさらされる。私は結局、緋冴さんセレクションを身に着けていたから、猛烈に恥ずかしくなった。

「お似合いです……」

こういうとき、蓟の凛々しい声は反則だ。

「……え、あ……その……」

夜の身だしなみを褒められた。いままで味わったことのない興奮が、じわじわとこみあげてくる。蓟がスルリ、と背に回り、後ろから羽交い締めにしてきた。熱い吐息を吐きながら左の耳たぶをくわえてきた。

「……ひゃうっ！」

緋冴さんの唇とちがい、薊のそれに魔法的な凄みはなかった。稚気の濃い、ある意味動物的な触れ方だった。

くノ一は耳たぶを舌で弄ると、首筋を舐めおろしてきた。肩の手前あたりを強く吸い、来た道を舞い戻らせた。

「ふぁ、ああっ！　ちょ、ちょっと……く、くすぐった……い……！」

身をよじって逃げようとしたら、桜色のブラジャーごと胸を鷲づかまれる。レース主体のブラに防御力なんてあるはずもなく、ほぼ指の食いこみに従わされる。脂肉を歪められる内側の衝撃と、乳頭部分を網目にひっかけられる表層のそれとが同時に襲ってくる。捕まえられた、と思わされる。

薊が背後からすくいあげるように、胸を揉み始める。最初は身体を弄くりまわされる不快感があったけれど、湿った吐息で首筋をくすぐられていくうちに解された。ちょっぴり荒々しい感じにも慣れてきて、乳房が熱を帯びる。

「ふ、あ……」

十本の指がいったん止まり、配置を変えた。人差し指と中指のあいだに、おののく突起を捉えていた。薊は耳たぶに噛みつき、私の両眼を閉じさせてから再び揉みだした。自分の一部を歪められるもどかしさに続き、二発の電撃を受けとった。

「……んあっ！」

指の横っ腹に挟まれ、乳首が挫きたおされる。くノ一の指は、土台を揉みながら尖端の果実を押し潰してくる。脂肉の疼きと粘膜の痺れが時間差つきで襲いかかり、私の胸にあまやかな狂おしさを溜まらせる。

「……ありがとうございます」薊がそっ、と囁きかけてきた。「お胸の先をこんなに……小石みたいに硬くしてくださって……」

湿った吐息が耳の穴まで入りこんできて、背筋にぬめらかな蟻走感を伝わらせる。

「なっ！　そ、そんなの……あっ！」

礼を言われることじゃないわ。私に皆まで言わせず、薊はオトナのブラジャーをむしりあげた。スカスカの生地でも「ある」と「ない」とではやはりちがい、胸の谷間が凛とした空気に冷やされる。自分の火照りぶりを悟らされる。間を置かずにもっとも熱くなっている突起を摘まれた。

「きゃあっ！」

親指と中指の腹で挟まれ、人差し指の腹で頂きをくすぐられる。ギュッと潰されたところに羽根箒のタッチ、痛みに近い疼きを優しく癒されているようだ。左右のふくらみを鮮烈な刺激に満たされて、私は両足をバタつかせる。

薊が首の位置を変えた。右の耳たぶを甘噛みしながら、左右の乳首を転がしてきた。乳暈にいたるまで軽く捻られる。私が眉を跳ねらせる寸前で、逆に捻られる。乳首自身

の弾性まで加わって、捻り返しはスムーズになっていく。太い針を刺されて捻りまわされているような刺激に、私は打ちのめされる。

「ああっ、あっ！　あっ、あっ、あっ！」

薊の両手をつかんで引きはがそうとしたけれど、くノ一の力にはまったく敵わなかった。私は耳と乳首の三角形に追いこまれ、薊のしなやかな腕のなかで震え続けた。

「……姫さまも、ここがお好きなのですね……なんだか嬉しいです……」

も？　ひっかかったけれど、桃色の震えに掻き消された。私はいつの間にか、危険な高さに押しあげられていた。緋冴さんに導かれたときより、ずっと呆気なかった。

薊が肘に力を込めて、ますます私を抱きしめてくる。彼女の領空に囲いこみ、服越しにもわかる胸の豊かさを塗りつけてくる。窮屈な感じが、なぜか嬉しい。私は目を閉じて、肩の力を抜いた。薊の指と乳首からほとばしってくるものに身を委せた。

「…………ッ！」

人差し指に爪を立てられた瞬間、ふわり、と意識が浮きあがり、時間の流れが切りかわる。私だけしか味わえない閉塞の時間が訪れる。春の木漏れ日みたいに白い光と、雪解け水の脱力感。目を開けると視界は潤み、私は全身汗びっしょりになっている。首筋から胸の谷間にかけて、何粒かの玉が流れ落ちる。

薊は震えている私を俯せに寝かせると、曇った眼鏡を外してくれた。続いてワイシャツとブラジャーを脱がせ、背中を剥きだしにさせた。さらにスカートをずりおろし、緋冴さんのオトナ＝ショーツとガーターベルトまで露出させる。私の肌は薊ほど白くはないけれど、布団が濃緑色だからくっきり映えているだろう。

大きな影が私の背に覆いかぶさってくる。うえに乗りかかられるとばかり思っていたら、急に止まった。私は首だけ横向けて、後ろを見た。薊が熱に浮かされたような目をして、私の背を見下ろしていた。

「……きれい……です……」

少しかすれた口調は、本気の賛美にあふれていて。

「……そ……そんな……い、いや……だって……」なにを言っているのだろう。「……わ、私を褒めたって、べつになにも……」

薊が陶然とした表情のまま、くノ一服を脱ぎ始める。帯や紐の擦過音はヒソヒソ声に似ていて、秘密の気分を高めてくれる。服を脱ぐという仕草には、きっと特別な魔力があるにちがいない。丸裸に近い格好だって見ているのに、私は生唾を飲んでいた。

黒のしたから、白い肌が現れる。暖色を映らせがちなローソクに照らされても、薊の白さは変わりなかった。あちこちに走る刃物傷でさえ、白さを強調するためのアクセサリーになっていた。

メリハリのきいた胴体を隠しているのは、紫色のチューブ＝ブラとマイクロ＝ショーツ。

緋冴さんが用意したオトナの下着だ。たっぷりとした黒髪や長い足袋との補色もバッチリで、私も「きれい」と呟いていた。

薊が瞬きをくり返し、なにかを振りきるように倒れてくる。私の背にぴったりと覆いかぶさって、彼女の体温を伝えてくる。先ほど達して昂ぶっているせいもあるけれど、彼女のひんやりとした体温が心地よい。初雪を掌で受け止めているような、そんなくすぐったい嬉しさがある。

薊が私の後ろ髪を掻きわけて、うなじを露出させた。髪の生え際に口づけして、思いきり吸いついてきた。首や肩口に降らせたキスとは、激しさがちがっていた。

「……ンあっ！」

腋や背にじわっと汗が滲みでる。自分の感覚が漏れだすような気分にさせられる。薊が唇を半開きにして舌先を突きだし、うなじを舐めおろしてきた。首を越えて、背の谷間まで濡らしてきた――。

「ああぁっ、だ……だめぇっ！」

私は目を瞠り、焦燥に炙られた声をあげた。

「……ど……どうされました？」

薊の口調も狼狽えていた。

「え、いや……その……」正直、自分でもびっくりしているのだ。「その、あの……だから……ええと、あの……」

「……姫さま」そして薊は、私に初めての表情を見せてくれた。「ご遠慮なさらず、姫さまをお見せください……飾らない美由樹さまを……」

微笑。

くノ一娘の笑顔は、マッチの灯火を思わせた。ほのかで、儚くて、でも風除けを作らずには居られなくさせられそうな。薊が両手で、私の脇腹を抱いてきた。首筋に口づけ、腰まで一気に舐めおろしてきた。背骨の谷間をぬめらかなザラつきで磨かれた。

「……ふあああぁ！　あぁぁ、ああ……」

こんなところが、こんなに感じるなんて。手足の先が痺れるくらい緊張し、すぐに力抜けしてしまう。薊は同じように舐めあげて首の高さに戻ると、今度は背の全面に唇と舌を這わせてきた。

「ふあっ、ああっ！　あうンっ、ンううーっ！」

逃げようとしても薊に乗られて動けない。私は両手で布団をつかみ、力いっぱい握りしめる。緑の布地に深い深いシワが走り、フラットだったモノに陰翳を与える。

薊の舌が肩胛骨をなぞり、背筋を確かめてきた。ときどきかすかに歯を立てられ、見えない部分に刻印を押された。

「ふあン、だめぇっ！　歯は……噛むのはやめてぇ……」

「だいじょうぶですよ、姫さま。下着で隠れるところを選んでいますから」

「……そ、そうじゃな……ああっ！　ふあああ！」

薊の舌がそよぐたび、私のなかから力が抜ける。代わりに薊の温もりが染みこんでくる。私の背骨になっているものが、酸に浸食されているみたいだ。

頭皮からもナマっぽい汗が滴り落ちてくる。苦しいかと問われれば頷くしかないのだけれど、でも嫌悪感はない。このまま溶かされ、どこかに流されていきそうだ。どんなところなのかは不明だけれど、柔らかな後光はうかがえる。甘やかな匂いも流れてくる。

「……………さま……姫さま？」

呼びかける声が、少し遠かった。

「……ふあ？　あ……あー……だ、だいじょうぶ……」

いまさらだけれど、私はきっと感じやすいのだろう。先ほどみたいにゆっくり、じっくり炙られると、別世界から戻られなくなってしまう。いまだって、いつあお向けにさせられたのかわからなかった。

そういえば、薊はどこにいるのだろう？　その答えは、股間を撫でるかすかな風が教えてくれた。

「………………なっ！　なんで、そんなところに……」

薊は私の、両足のあいだに身体を入れていた。太腿のあたりに肘をつき、桜色のショー

ツに白い頬を近づけていた。

「あまりにもきれいでしたので……」

胴のしたから真顔で返された。

そこではレースの粗い目から陰毛が透けでて、桜色の檻に閉じこめられたケダモノのように見える。黒く透かせた股布は自分でも恥ずかしくなるくらい濡れそぼち、私の匂いをさせている。薊が両眼を閉じて、形のよい小鼻を蠢かせた。

「やあっ、だめ！　そんなっ、き、きたな……」

「……汚くなどございません」再びぁの、幽艶な微笑みを浮かべた。「なぜ姫さまたちとの契に桜紋が選ばれたのか……やっとわかりました」

薊は左の内腿、ストッキングの少しうえに口づけてきた。

「……ンあっ！」

「検知しにくいだけで、体臭や体液にも遺伝性があります。姫さまのご一族はきっと、涼やかな甘露をこぼされる方々だったのですね……」

恥ずかしいような嬉しいような、複雑な色合いの興奮に襲われて、脳が目詰まりを起こす。あたふたしているうちに、薊は舌先を掃きあげてきた。ショーツの股刳《ぐ》り、足の付け根のラインにそって舐めあげ、ガーターベルトを跨いで腰骨にキス。

「……ふうぁあああ！」

自分の歯ブラシよりも緋冴さんの指よりも、ずっと奥深くに染みこんでくる。皮と肉のあいだでゾワゾワ感が蠢き、膝の裏、足の土踏まずといった部分まで甘痒く痺れさせる。

薊が腰骨から横にずれて、おヘソの穴を覆ってきた。舌で穿り返され、内臓のなかまでぬめらかな温もりを注がれる。私が腰を捩り始めると、右の腰骨にキス。今度は足の付け根に沿って舐めおろしてくる。私のもっとも大切な部分が、掻痒感の三角形に囲いこまれる。胴の底まで這わせて二等辺を繋げる寸前、薊が顔をあげた。申し訳ていどの股布をつかんで、左右に引っぱってきた。

汗やそのほかの体液にまみれた布地が張りつき、私の形をくっきりと浮かびあがらせる。間接表現のせいで裂け目の生々しさが消され、不思議な対称曲線のように見えた。毎月血が流れだすその部分を、私は初めて「きれいかもしれない」と思った。

「……こちらでも、悦びを表してくださっているのですね」

薊には、たぶん言葉責めをしている自覚はないのだろう。裂け目の上端で自己主張しているものを見つめ、おもむろにキスしてきた。ぴったり張りついた股布ごと、私の雌蘂《めしべ》を吸いこんだ。

「…………ひゃうっ！」

指とはちがう不定形の圧迫が、快感神経のカタマリを責めてくる。股間にある豆粒ほどのモノを刺激されているだけなのに、なぜか頭の先から爪先までぬるりとした皮膜に包まれる。私は両手で顔を覆い、引きつるような呻きを漏らした。

こんなにぶざまな真似をするんだったら、足を閉じて薊の顔を押しのければいいと思うのだけれど、腰の裏から膝にかけての筋肉をどうしても動かせない。泣いているような、怒っているような声をあげて、布団に肩を叩きつけ続ける。薊はときおり吸いつきを止め、足の付け根を舐めあげて狂おしい三角形を描いてくる。じっとりと汗ばんでいる部分を濡れそぼった粘膜に刮がれるのは、たまらない快感だった。

私が息も絶え絶えになると、薊はショーツの両サイドをつかんできた。一瞬ためらい、漆黒の瞳を向けてくる。私は指のあいだから目だけ出して、こくん、と頷いた。薊はあの、切なくなるような微笑みを浮かべて、快感まみれのショーツを脱がせてくれた。

そのまま私の右足を肩に乗せ、内腿にキスをしてくる。静脈が浮きでた肌に舌を這わせて、暗がりに鼻面を差しこんでくる。

いまは、剥きだしだ。

寮の共同浴場をほとんど利用しない私は、自分の女性を誰にも見せていないし、また誰のものも見たことがない。薊の体温と吐息をじかに感じて、自分が本当に秘密を暴露していることを実感する。

おずおずと頭をもたげ、両肘をついて上半身を起こした。薊は息づく裂け目のありさまを、じっと見つめてくれていた。やがて両の親指を伸ばし、タテに割ったリンゴのような大陰唇を押し広げてきた。

「ん……ッ……」

ムニュムニュのお肉につられて、秘密の裂け目が細長い菱形に変えられる。ずっと独りで特訓していたせいか私の花びらはやや外咲きで、内側の赤みまで見せていた。初めて他人の視線を浴びた膣孔が恥ずかしそうに身じろぎして、新たな蜜をあふれさせた。

「ああ、これが姫さまの……」

薊が舌を伸ばし、真珠の植えつけみたいにそっと触れてきた。恥丘のふくらみを舐めあげられ、我ながら匂う汗を吸いとられた。

「あっ！　……あ、あぁっ、あああ……」

恥ずかしさよりも昂ぶりが勝っていた。自分がとても大切な一瞬を迎えている、と直感できた。無意識のうちに身を沈め、両手を滑らせて薊の頭をつかむ。指の谷間に手触りがステキなポニーテールを絡めさせる。薊は目だけでこちらを見、笑むように睫毛を伏せた。タテの唇を縁取り、綻びの狭間に差しこんできた。

「……あああああ！」

薊の舌が膣粘膜の重なりを掻きわけて、私の奥へと潜りこんでくる。溜まっていた粘液がドッとあふれだす。薊は生まれたばかりの小犬みたいに口と喉を鳴らして、それを飲んでくれた。舌の動きが激しくなり、手がつけられないくらい敏感になっている内壁を擦ってくる。捲りあげ、掻きまわし、舌の表と裏のちがいを塗りつけてくる。

「いいっ、いいい！　き、気持ちいいっ！」

バイブレイターでするのとは、段違いだった。密度の濃い快感が、股間から波紋のように広がっていく。しかも、波のひとつひとつにはおそろしい粘りがあって、押し寄せてきたヤマがなかなか引かない。身体の中身を波打たされ続ける騒がしさにじっとしていられず、私は怒号めいた声を吐きちらしながら身をよじる。舌の返しに合わせてお尻を浮かせ、不器用なブリッジをくり返す。

気持ちいい、気持ちよすぎる。

ただ陰毛をそよがされるだけでも、私はなにかを弾けさせた。まるで炙られているポップコーンみたいに、腰を跳ね躍らせていた。

激しい動きに手を焼いたのか、薊が私の左足も肩に乗せ、両腕を伸ばして腰骨をガッチリと押さえつけてくる。鍛え抜かれたくノ一の膂力に敵うはずもなく、私は股間に顔を埋められた体勢で、布団のうえに縫いつけられた。もう薊の舌から逃げられない、この気持ちよさを浴び続けるしかない。諦めの無力感が、私の胸を鷲づかみにした――。

「……あ、あ……あ～～っ！」

語尾が、天めがけて透きとおる。あとを追うように魂が翔びたとうとして、肉体の枷に引き戻される。魂と肉の葛藤は腰のタテ振りとして現れ、薊の頭ごと上下動をくり返させた。腰の裏が汗ばみ、お尻の筋肉が疲労の吐息を漏らす。そのすべてが甘かった。いつまでもこうしていたい、と願ってしまった。

「また、達していただけたのですね……ありがとうございます、もっと務めます……」

薊は私の腰が落ちつくのを待って、今度は突起に吸いついてきた。ブドウの実を食べるように包皮を押し潰し、剥きだしの粘膜を同じ粘膜で包みこんできた。

「きゃうっ！　うあ、あっ！　あッ、アッ、アアッ！」

まるで巨大な舌で顔を舐めまわされているみたいだった。薊は舌先で∞を描きつつ、唇をすぼめて上下させてくる。歯ブラシや指とは比べものにならない緻密さに、私はひとたまりもなく圧倒された。

神経の芽からほとばしる快楽は、妖しい電撃のように内臓や筋肉を痺れさせて、私を女性の境地にのめりこませる。無我夢中で薊の頭を掻きまわし、髪帯をむしり取った。流れてきた黒髪が内腿を撫でまわし、春風になぶられているような心地よさを付け加える。それが最後の一押しになって、私は再び魂を翔ばされた。ゴールテープを切るときのように胸を広げて、真っ白な階段を昇りつめた——。

「……姫さま……美由樹さま……」

私だけの時空間に、薊が飛びこんでくる。黒髪をおどろに垂らしたその顔はひどく弱々しくて、寒さに震えている迷子のように見える。

「……気持ちよかったですか……ご満足いただけましたか？」

いつの間にか、薊が股間から顔を起こし、私のうえに覆いかぶさっていた。

「薊は、しっかりと務めを果たせましたか？」

胸と胸が密着して、心地よい窮屈を醸しだす。薊の乳房は緋冴さんのよりもはるかに弾力があり、私につかみかかってくるようだった。ブラジャーからはみ出た肌は剥いたばかりの桃に似て、思わず口づけたくなる瑞々しさがあった。

薊の肩から黒髪が流れ落ちてきて、私の鼻をくすぐる。ドライフラワーに似た香りを吸わされる。弱々しい表情、気遣わしげな呼びかけ、そしてこの髪の匂いが決め手だった。

私は両手で薊の頬を挟み、首元に引き寄せた。

「ひ、姫さま……」

薊の吐息が、鎖骨に溜まった汗を飛ばした。そのくすぐったさが嬉しかった。私は形のよい額に唇を押しあてて、薊がもっとも求めているだろう言葉を呟いた。

「……よくやったね」

薊の肩から、みるみる緊張が抜けていく。

「うん、気持ちよかった……薊のおかげで、とても満足できたよ……」

薊の全身が小刻みに震えだし、私の胸板に濡れた吐息をぶつけてくる。

「…………あ、はい……はい、ありがとうございます……」

この娘は、認められたいのだ。

いくら特殊な生いたちだったとはいえ、現代社会から隔絶できるはずがない。現に緋冴さんは一般人として暮らせているし、ホタルちゃんもそれほどブッとんではいない。くのいちくのいちしているのはただ一人、薊だけなのだ。

「よくやってくれたね、ありがとう……」少しためらって、「薊は立派なくノ一だよ……私の誇りだよ」

思う。

薊にとって、これは母親から認められる唯一の道だった。彼女は傷だらけになる訓練の果てに、優しい微笑みや温かな抱擁があると信じていた。でも彼女の母親は、自らの教えと反するようなふるまいをして死んだ。薊からすれば、自分が歩いている道の正しさと目的地がともに消えてしまったようなものだ。

私たちは途方にくれているときほど、ひとつのやり方にこだわる。それを唯一絶対の解答だと信じこみ、それしかないと言いきかせることで後悔や不安を押し潰す——。

「……だから、私からもお返しがしたい。なにをして欲しい、薊？」私は記憶のなかにある母の口調を真似てみた。「……さあ、聞かせて」

「…………」薊は自らの黒髪の渦に顔を伏せ、ただ耳だけを赤くして、「……あ、頭を」

「……ん？」

「頭を……撫でてください……」

おそらくは、それが蓟の体験した「愛情表現」だったのだろう。私はふたまわりも大きな身体を抱え直して、首と首を絡ませた。彼女の息遣いを右耳の後ろで聞きながら、艶やかな黒髪を撫で続けた。

「…………ッ！」

実は寂しがり屋のくノ一が、二晩まえの誰かさんみたいにしがみついてくる。傷だらけでも滑らかな肌を擦りつけてくる。万力めいた腕力に苦笑しつつ、私は彼女の頭を撫で続けた。和ローソクが静かに燃えていた。どちらが先だったかわからないけれど、私たちはとても甘い眠りに落ちていった。


外はだいぶ明るくなっていた。

昨夜、たくさん――その、されたからだろう。かなり寝過ごしてしまったらしい。私は眼鏡をかけ、庭に出た。

予想に反して、蓟が「体術」に励んでいた。この時間になってもまだ終わっていないということは、彼女も寝過ごしたのだろうか？　このまえ見たときと比べると、だいぶ動きがぎこちなかった。

「……おはよう」

声をかけると、蓟の手のなかからクナイがスッポ抜けた。

「な、なにやってるのよ。危ないじゃない……」

「…………」

蓟はスッポ抜け体勢のまま固まっている。

そういえば、まだあいさつを返してもらっていないし、こちらのほうを見向きもしてくれない。私が近寄ろうとした途端、

「お、おおおはよう、ご、ごございます」

「おはよ……って、あいさつは顔を見てするもんじゃない？」

「はっ、そ、そのとおりですが、そ、そそその……」

蓟は子どもの怪獣みたいな奇声をあげた。高飛びのベリーロール式に屋根を跳び越え、視界から消えてしまった。

「…………照れとるんどす」

あっけに取られていた私の隣に、真っ赤なチャイナ服が並んだ。

「あの娘、あないに愛してもろたことなかったから……どう接したらエエのかわからんのや。かいらしでしょう？」

「……そうですね。ところで」

緋冴さんは、続きの言葉を予期していたようだった。

「はい、ウチらお姫さんを張っとりました」降参の意味か、両手をあげる。「もうお気づきやと思いますが……ずっと張っとりました」

ここでの「ずっと」は、「昔から」という意味だろう。

「正しくは、お母上がお亡くなりになられたころから……ときどきお顔をうかがいに参上しとりました」

「つまり、薊……緋冴さんたちは、私をずっと見守っていてくれたのね？」

緋冴さんは深々としたお辞儀で肯定してくれた。

「……薄気味悪うマネしてしもうて、申し訳ありません」

「私はね、合理的に生きているの」腕を腰にあて、やや胸を反らした。「そりゃ、秘密にしておきたいことの二つや三つはあるけれど……恥じるようなことなんてない。だから、べつに気にしないわ」

緋冴さんは嬉しいような、哀しいような、泣き笑いの表情を見せた。

「…………ありがとうございます」

傍若無人そうに見えて、こういったことには気を遣ってくれるらしい。緋冴さんの語尾は、ものすごく苦みばしっていた。

※

「……薊、いえ、お頭」緋冴はいつになく真剣な表情だった。「お姫さんに、ホンマのことを打ち明けたほうがエエんとちがいますか？」

昼食後。僕たちは庭に出て、生活の痕跡を消していた。

冬空はいつにも増して灰色の雲を垂れこませ、陰鬱さを盛りあげてくれている。カカア天下の俚諺《りげん》にちがわぬ強風を吹かせている。

「…………その必要はありません」

「その間はなんや」

このようなときは、緋冴の鋭さが恨めしかった。

「いまの百花は、大殿さまの下です」僕は緋冴の真っ赤な瞳を睨んだ。「……美由樹さまは、あくまでもお孫さま。ご親族であるがゆえに服しているのであって本来、薊らが忠を捧げる相手ではありません」

ホタルが僕と緋冴の顔を交互に見やり、不安げに眉を動かす。僕はそっと手を差しのべて、銀髪を撫でてやる。

「……いまの、あくまでも、本来」と、緋冴。「限定ばっかりやな？　まるで、なんとかして心の小箱に押しこめようとしてるみたいや」

意識していなかった。

「まだ、まにあう……アンタが正直に話せば、お姫さんは許してくれるはずや」

「彼女の許しなど必要ありません」

場の雰囲気が重苦しくなった。

「……命令、任務」緋冴は真っ赤な唇の陰から、真っ白い犬歯を覗かせる。「アンタ、お題目を唱えてればそれでエエ、と思っとるやろ」

「先代の教えです」語気を強めて、「薊は先代から、そのように教わりました……今回の任務は、その先代が大殿さまの命に反し、姫君である吉乃さまの駆け落ちを助けてしまったがゆえに生じたもの。いわば、不始末の後始末」

言葉を吐きだしているうちに、昂ぶってくる。掌越しにホタルの緊張を感じとる。

「この薊に、先代と同じ轍を踏めと？　緋冴、薊は先代とはちがいます。最後までくノ一としての忠を貫きます。そして……」

「もう褒めてはくれんのやで」緋冴の声は、むしろ優しかった。「薊、あの娘は……アンタの母サンは、もうこの世におらん。あの娘が課したモンを背負い続けたって、誰もアンタに誇りを与えてはくれんのやで」

「…………」

「薊。ホンマの誇りいうんはな、アンタが自分で選ん」

僕はクナイを抜きとり、緋冴の顔面めがけて振った。緋冴は声を止めただけで、瞬きひとつせず見つめ返してきた。真っ赤な前髪が、何本か落ちた。

「緋冴、いまの頭は誰ですか？」

「…………………あなた様です、二十輪宮」

　ホタルが泣きだしそうな顔で緋冴にすがりつき、「ケガは」とくり返す。緋冴は脱力したように微笑み、しゃがみこんでホタルの頬を撫でた。

「……あとは頼みます」

　いたたまれなかった。

「お姫さんにさよなら言わんの？」

「再会の手はずは整っていますから」

　僕は二人に背を向け、逃げるように駆けだした。


　私はバス亭で、緋冴さんとホタルちゃんの見送りを受けていた。

　緋冴さんは「ウチが送りましょうか？」とカギを鳴らしてくれた。好意は嬉しかったけれど、あの黒塗りベンツに乗るのは心臓に悪い。

　ホタルちゃんは私の祖父に対して、まだ腹を立てていた。

　旅行から帰ってきた祖父は、私がまだ居座っていたことを散々罵ったあと、蹴り飛ばすように追いだしたのだ。新年のあいさつくらいしておこうか、という私の出来心は、やはり出来心にすぎなかったらしい。いつもの私なら烈火のごとく怒るはずだけれど、今日はさらりと流せた。

そろそろバスの時間だ。

風が強くなったので、コートの襟を立てる。その仕草に紛れこませるようにして、あたりを見まわす。

「……お頭やったら」緋冴さんが、微笑んだまま言った。「野暮用が飛びこんできはりましてなァ、お姫さんにはよろしく言うとりました」

「………そう、ですか」

緋冴さんはやはり微笑んだまま、

「そないに哀し顔なさらんでも大丈夫どす。必ずお姫さんに会いにいきますさかい」

「べ、べつに、そういう意味じゃないんです。ただ……」

緋冴さんの微笑みは変わらない。私が練習の果てに獲得した合理的スマイルのように、まったく綻びがない。

「………」

バスがやってきた。緋冴さんとホタルちゃんは一礼して、近くに停めてあったベンツに乗った。私がタラップに乗って乗車券を取ったとき、クルマは不気味な黒光りを見せながら走りさっていった。

第三章　告白いたします

そして、緋冴さんの言うとおりだった。

三学期の初日。担任の能登《のと》先生がのったりと言った。

「えーと……今日はー、みなさんにー、転入生をー、紹介しますねー」

はーい、はいってきてくださーい。保母さんのような指示に応じて、ドアが勢いよく開けられる。軍靴的な律動をともなって、一人の美少女が現れる。

私は目を見開き、口をバカみたいに開いていた。

女生徒は教壇に立ち、背筋を伸ばしてあたりを見まわし、能登先生から言われるまえにチョークを取った。惚れ惚れするような楷書体で自分の名前を書いた。

『服部二十輪宮薊』

くるりと向き直り、クラス全員の奇異な目つきに気づいて、小首を傾げる。彼女の長い長いポニーテールが、膝の裏をかすめた。数秒後、ハッとした表情を浮かべ、すばやく名前を書きかえた。

『服部薊』

怪しすぎる。

「……おそれながら、こちらから控えさせていただきます」

もうだめだよ。

「服部薊と申します。これ以降は命により、『薊』と自称させていただきます。ふつつかものではございますが、よろしくお願いいいたします」

窓の外は、珍しく晴れていた。あいかわらずの西高東低で、風鳴りが聞こえてきた。この場のBGMとして、ものすごくハマっていた。

「え、ええと……とてもー、個性的なお友達ですねー」

それじゃあ、服部さんに聞きたいこととかあるかしらー。教室じゅうにオフサイドを狙うDF陣ばりのアイコンタクトが交わされ、とりあえず左サイドバックがあがった。

「……ご趣味は？」

「クナイを……いえ、包丁を研ぐことです」

それ、フォローになってないってば。

「まえの学校では、なにかクラブ活動をなされてました？」

「はい、いろいろやっておりました。主に、剣術と淫術に励みました」

「……剣術はわかりますけれど、インジュツってなんですの？」

「せ、先生っ！」私は挙手し、反応を待たずにまくし立てた。「薊さんの紹介は、もう充分です。そろそろ一時間目が始まります！」

親の心子知らず。薊は私に反応して、

「ああ、これは姫さ……ではなく、美由樹さま。おひさしぶりです。このようなところで再会できるとは、とても奇遇です」

「あらー！　服部さんは、久我さんとお知りあいなのー？」

能登先生の目尻が、あからさまに「助かった」と言っていた。これでこの娘を押しつけてしまえるわー。

「…………」薊はしばらく黙考して、「……はい。ですから、美由樹さまのそばにいさせてもらえると嬉しいのですが」

クラスに、密やかな興奮が広まった。低温で発酵する食べ物のように、どことなく淫靡かつ妖しいものだった。

「そうねー、久我さんは委員長さんだしー、しっかりしてるからー……うん、そうしましょー！　それならー、先生も安心ー」

私は号令をかけ、押しきるようにHRを終わらせた。教壇のうえで直立不動の薊をつかまえ、階段の踊り場に連れだした。

「ちょっと、どういうつもり？」

薊は眉を微妙に傾けた。これが「困惑」の表情だと、私は推せるようになっていた。

「……百花忍は現在、とある組織と交戦中です」

いきなり物騒な話になった。

「薊らとの契約者である姫さまは、見せしめとして敵に狙われる可能性があります」

「見せしめ、って……なにをされるのよ？」

「……相手もプロですから、それほど苦しまずにすむと思われます」

「まっすぐに答えなさい、まっすぐに！」

私を怖がらせないために婉曲表現を使っているらしいのだが、むしろブーメラン＝フックぎみに破壊力が増す。

「とにかく、しばらくのあいだは二四時間体制の警護が必要です」

「待って。二四時間、ってことは……」

「はい。寮のお隣に部屋を確保しております」

この学園は、かなりのお嬢様学校だ。そう簡単に、どこの馬の骨とも知らぬ「くノ一メイド仮面女学生」を入学させてくれるはずがない。私の疑問を余所に、薊はリノリウムに片膝をついた。右手を胸に、左手を床に伸ばし、深く深く頭を垂れて、

「百花の薊、これより御身御守護を仕ります」

バサッと紙束らしきものが落ちる音。

「…………え、えーと」

階段のしたで、折笠綾子が頬を引きつらせていた。

「あの……の、能登先生が、薊さんに渡してください、って……」

いつから見聞きしていたのだろう？　完全に退いている。彼女が私と薊をどのような関係と見なしたのか、推そうとしてやめた。

頭が痛くなりそうだ。

綾子は「こ、こここに置いておくから」と手すりに紙束を乗せ、油が足りないロボットのように戻っていった。私はため息をついて、プリントを取りに下りた。

「……もちろん、夜伽も仕らせていただきます」

私はプリントを舞わせてしまった。


薊は初日で、時の人になった。

なにしろ、見た目だけなら惚れ惚れするような美少女なのだ。

第一印象としては体型、なかんずく胸がアレだから、どうしようもなく女っぽい。イートン風ジャケット独特の襟まわりと裾しぼりが、女性の証を犯罪的に誇張するし、長い足がふつうのスカートをセミ＝ショートの際どさに変えてしまう。

そこにあの、少年剣士めいた美貌が乗る。黒くて長くて太いポニーテールが、『ベルばら』のテーマを奏でる絃のように揺れる。切れ長の目には日本刀の鋭さがある。漆黒の瞳には、神秘的な翳りが差している。誰かが言った――ああ、あの方は沖田総司さまの生まれ変わりなのですわ！

（……頭の中身に関しては、そのとおりなんだけれど）

薊は群がる女生徒たちを殺気だけで牽制し、私のそばに張りつき続けた。私がトイレに立ったり、委員長として次の授業で使う補助教材を取りにいこうとしたりすれば、先んじて廊下に立ち、あたりを見まわした。

「………なにしてるの？」

「姫さまはご心配なさらず」

薊の目には、こと治安という点では現代日本も戦国時代も大差がないように見えているらしい。いや、差がないどころか、

「科学技術の飛躍的発達により、現代のほうがかえって危険度は増しているのです。薊のように浅学非才の忍でさえ、事故や病気に見せかけるのは簡単なのですから」

いったい、なにを事故や病気に見せかけるのだろう——自分ならできる、という確信があるためか、薊の心配性は根が深かった。

つまり、救いようのない常識知らずだった。

たとえば、廊下に泥が落ちていたら通行を封鎖して、それがどこから来たものなのか納得するまで調べたりする。私は奇矯のたびに適当な理由をデッチあげ、各方面をなだめなければならなかった。

さらに、昼の学食では私が食べる直前に制し、あやしげなテイスティングを実行。

「……失礼いたしました。どうぞ、おめしあがりください」

学食ぜんたいが退きまくる。なかには「間接キスですわッ」などと、ハンカチを噛みしめながら明後日めがけて飛ぶ生徒もいた。

「……あのね」

まわりの雑音には慣れたつもりだったけれど、こういう形で注目されるなんて誰が予想できるだろう？　私はただのクリームシチューを激辛料理のように食べながら、

「逆効果なんじゃない？　あなた方って、一般的には裏方役で……こんなふうに目立つものじゃないと思うんだけれど」

薊は持参のあやしい丸薬を丸呑みして、

「姫さまのご懸念はごもっともです」近寄ろうとした生徒に、鋭い一瞥。視線だけで退散させて、「……薊は護衛の本命ではありません」

「…………え？」

「お気づきになれないでしょうが、ホタルや緋冴も待機しております」

くノ一の顔になっていわく、襲撃のイニシアチブは相手側にある。第一撃は、原理的に防げない。それゆえに初手用の的を置かなくてはいけない――。

「つまり、薊が狙われているあいだに逃げろ、ってこと？」

私はなにも言えなくなって、俯いた。黙々とシチュー食べた。

「姫さま、お顔の色が赤いですが……」

ああ、もう。洗面所で顔を冷やさなきゃ。


下校。寮の手前で薊と別れた。

「……夜になりましたら、また戻ってまいります」

なにやら仕事があるらしい。無表情だけれど、頬のあたりには緊張感が溜まっていた。

自室に戻った。

ベッドの位置が変えられていた。窓からだいぶ離れて、外からは直接見えない場所に移されていた。

「あらあら、おかえりやすー」

「……緋冴さん」いや、もう驚かないけれど。「どうやって忍びこんだんですか？」

わが寮には、やんごとなきお嬢様たちもいる。ガードの固さは尋常のモノではない。

「うふふ、そやねえ……まずー、管理人サンを二時間くらいネッチリと……」

「……それ以上はいいです」

「……あ、お姫さん。いまウチらで寮のお風呂を貸りとるんどすが」緋冴さんは悪戯っ子の唇になって、「いっしょにいただきませんか？」

「え？　借りるって……いったい、どうやって……」

「うふふ、それはどすなァ」真っ赤な瞳に牝豹の鋭さを宿して、「管理人サンを亜麻仁油に浸した荒縄で、四時間くらいギッチリと……」

「……それ以上はいいです」

表向きは、ボイラーの定期メンテナンス中ということにしてあるらしい。

「あまりヘンなマネしないでくださいね」

「ご心配なく。ホタルのお香とウチの術があれば、記憶も弄れますんでー」

いま、さらっととんでもないことを言われたような気がする。

「いまのところは、ホタルが満喫しとるはずですー……あの娘、ものすごい長風呂なんよ。なんで、あないにジジむさくなってもうたんやろ？」

くノ一やってるあなたが言いますか。

私はいつものラフな部屋着にズボンを穿き、共同浴場に向かった。緋冴さんが『メンテナンス中』の立て看板を除け、堂々となかに入る。十畳ほどの脱衣場には、もちろん誰もいなかった。私がズボンを脱いだところで、

「そうや、お風呂のお湯はぜんぶ入れかえるんどすから、少うし遊んでみましょか」

緋冴さんが突拍子もないことを提案してきた。

「着たままで入ってみん？」

ワイシャツ&ショーツのまま、お風呂に入る。すぐに戻ってこられる非日常、ちょっとだけアブノーマルな香りのする思いつきだった。

「……そ、そんな……行儀の悪いこと……」

「エエから、エエから……」

提案者の緋冴さんはチャイナドレスのまま戸を開け、私を風呂場に引っぱりこんだ。眼鏡が曇って、視界が閉ざされる。眼鏡を取ったときには、すでに浴槽のそばだった。

「………………」

ホタルちゃんが、いまどきTVの旅情サスペンスでもやらないような温泉モードを取っている。真っ白な手ぬぐいを銀髪のうえに置き、浴槽に背を預け、両肘を縁に乗せ、まだふくらみ始めてもいない胸を軽く反らして「ふいぃぃぃー」とため息を噴きあげる。乳首のピンク色が、目に痛いくらい鮮やかだ。そばに浮かべた朱塗りのお盆からペットボトルのカルピスをつかみ、一気に煽って、

「……っかぁーっ、この一杯のために生きているねえ！」

あなた、誰？

「お姫さん……」

緋冴さんの声。振り返るとシャワーを浴びせられた。少しぬるい雨に打たれて、全身ずぶ濡れになった。私も負けじと近くのホースを手にして、緋冴さんに浴びせ返した。ホタ

ルちゃんも遊撃隊に志願して、二丁拳銃で参戦。私たちはきゃあきゃあ言いながら、子どもプールの水辺を真似た。

「……うふふ、もうビチャビチャやわぁ」

赤いチャイナの降参ポーズが白旗になり、休戦協定の調印とあいなった。我々は三すくみ的にたがいの蛇口を締め、二度とヒロシマの悲劇をくり返すまいと不戦を誓う。私は濡れた前髪を掻きあげて、緋冴さんを見やった。

「…………うわぁ」

四千年のクンフーにより元から女性の輪郭を匂わせるドレスだったけれど、いまは水を吸った生地がぴったりと張りついて、裸同然になっている。深い鎖骨やうっすらと見える肋骨、タテ長のおへソや股関節のラインまでボディ＝ペインティングのように浮きだしている。緋冴さんはまえもって下着を脱いでいたらしく、胸のポッチや股間の繁みまで裏写りしていた。水を吸ったウェーブヘアーはストレートぎみになり、胸の谷間や胴のくびれに巻きついていた。

「いややわぁ。そない情熱的に見つめられたら、ウチもたまらんようなってまうわぁ……お姫さんやって、えらい格好になってはるんどすえ？」

言われて、壁のミラーを見る。

ワイシャツが張りつき、葉脈じみたシワの狭間に肌の色を透かせている。障子越しの灯りめいたぼかしつきで、胸の尖端を浮きださせている。ショーツは下腹の曲面をなぞり、恥丘のまるみを露わにしていた。髪をほどくまえだったので、水気を吸った三つ編みがふくれあがっていた。

「……お、姫、さん」一枚着た丸裸が、そっと寄りそってきた。「この数日、ウチはひさしぶりに寂しい思いを味おうたんどすえ」

濡れそぼった髪から満開に咲いた緋牡丹の香りが漂ってくる。無数の滴が垂れ、私の鎖骨に当たって弾ける。

「ウチらにご褒美をおくれやす」

「どちらかというと、私のご褒美なんじゃ……」

ハッ、と気づいて口をつぐむ。鏡に映った私の顔がみるみる真っ赤になっていく。緋冴さんは嬉しそうに微笑んで、私の腰に腕を回してきた。貴婦人を長椅子に案内するように、私をバス＝マットに座らせた。緋冴さん自身は私の背後に回り、私を鏡と正対させる背もたれになった。

曇り止めバッチリの銀面が、姉妹とも母娘とも言いがたい二人の濡れっぷりを教えてくる。あられもなく股を開いていたことに気づき、慌てて閉じようとしたら緋冴さんに止められた。

「そないされたら、お手入れしにくうなってしまいます」

「だ、だって……」

「お姫さんのここは……」しなやかな指が、その上空をひらりと舞った。「ウチが見てきたなかでも一、二を争うかいらしさどす。出し惜しみせんでください」

あと、これやと爪先まで届きまへんなァ。緋冴さんは膝の裏を持ちあげて、私に膝を折らせた。腿と踵をくっつきそうになるくらいたたませて、いわゆるM字を描かせた。

「あ……こんな格好……」

「……その恥ずかしがっとるお顔……ああ、たまらんわぁ……」

緋冴さんはセクハラ度満点のセリフを呟き、ホタルちゃんから手渡された竹筒の栓を抜いた。私の鼻先で横に倒し、その中身を垂らした。溶きのばしたハチミツのような液体が、ワイシャツのなかにトロトロ、と垂らされた。

「……ひゃっ！」

「最初は少うし冷たいかもしれへんけど、すぐポカポカしてきますから」

「こ、これ……なんですか？」

「伊賀くノ一秘伝の美容油、スーパー＝ヴィーナス37番どすー」

なんていかがわしい名前だ。

肌に張りついていた布地がちょうどいい防波堤になって、オイルを保持してくれている。

緋冴さんは竹筒をすべてあけると、私の脇腹を押さえてうえへしごきあげた。溜まっていたオイルが乳房を舐めまわし、襟からドロリとあふれだした。

「…………ンうっ！」

オイルのヌルヌル感は、肌の警戒心を柔らかくまさぐり、その奥で眠っているものに誘いをかけてくる。言われたとおり、しだいに肌が火照ってくる。まるで、毛穴に辛いものを擦りこまれたみたいだ。

緋冴さんが裾側のボタンを外して、したから両手を滑りこませてきた。私はワイシャツを着たまま、乳房を揉みたてられた。透けた生地と私の肌と緋冴さんの指とが、見えそで見えないダンスを披露する。オイルまみれの肌は面白いくらい滑って、すべての愛撫を粘膜の戯れと誤認した。緋冴さんの指に加え、オイルの滲みこんだ布地も舌と化して、触れているところを舐めてきた。

「ひゃうっ！　ふあっ、ああ！　ふあああ！」

肌の火照りが止まらない。毛穴の奥から汗が滲みだしてきて、サウナに入っているような気持ちよさに包まれる。

「……そやね、せっかくやから繭が大好きなンをやってみましょか」

えっちなエステティシャンさんが、前へ絞りだすように胸をつかんできた。ぷっくりふくれた乳頭をワイシャツ裏地に密着させ、土台ごと上下に振ってきた。舌とは比べモノにならない広範囲を左右同時に舐められて、たまらず叫ぶ。お風呂場の音響効果が、嬌声のいやらしさを何倍にも増幅させる。

「あの娘なァ、ヌルヌルしたモンに胸ェ擦られるンが……お舐《ねぶ》されるンが大好きなンよ。まあ、ちょっとワケありなんやけど……」

胸の尖端からほとばしる甘痒い刺激に、私は両肩をシーソーさせてしまう。視野から頭のなかまで、ぐらぐらと揺らされる――そういえば、酔った蓟にアレされちゃったときも、妙に胸を責められたっけ。「姫さまも、ここがお好きなのですね」と言っていたなあ。あの「も」は、「自分も」ということだったのか。

緋冴さんがワイシャツから腕を抜き、両膝のうえに乗せてきた。このヌルヌル感で下肢を、そのあいだを撫でまわされたら、どんなふうに感じるのだろう？　きっと蓟から舐められたときみたいに、みっちりとした気持ちよさを味わえるにちがいない。

私の昂ぶりを煽りたてるように、真っ赤なマニキュアの目立つ手が、膝と足の付け根を往復し始めた。指の腹と手の甲を巧みに使いわけて、震えの止まらない腿を撫でまわしてきた。両足も火照ってきて、ショーツの中身が怖いくらい熱くなった。

「そろそろ、もっと深くまでいただかせてもらいますえ……」

緋冴さんの右手が、股布に触れてくる。生まれたばかりの子犬を撫でているような手つき。温かな心地よさに満たされて、元から元気だった突起がさらに背伸びする。股間の奥が潤んでいく。

私はちらりと後ろを向き、目で「お願いします」と伝えた。薊や緋冴さんにされるんだったら、なにも怖くないです。

「………」緋冴さんはなぜか、眉を曇らせた。どこか苦しんでいるような笑みを浮かべて、「ほな、お務めさせてもらいます……」

あそこのうえでチョキを作った。二本指にタップダンスを踏ませてから、指の谷間に股布を挟んだまま挿しこんできた。

「……んン、ふぁ……！」

緋冴さんの細くしなやかな指は、実家での一夜がおままごとに思えるくらい、奥まで潜りこんできた。私は首をすくめて、あそこから土踏まずへと流れ落ちる蟻走感を噛みしめた。熱く濡れたものを掻きわけられる感覚がしばらく続き、自分のそこが襞から造られていることを再確認させられた。

「思ったとおり、お姫さんのお心とおんなしやなァ……表向きはキツいンやけど、ホンマはあたたかで……きゅっ、と抱きしめてくれはる……」

緋冴さんはそっと身を寄せて、私を胸で受け止めてくれた。乳首のクリッとした硬さが、肩胛骨のあたりを押してくる。しなやかな指が、私の目には見えないところで内側を掻きまわし、むず痒いような切ないような、たまらない気持ちを味わわせる。

「……あ、う……ぁ……ふああ……」

バイブレイターで何度も掘っていたけれど、他人にされるのは別物だった。下腹の奥にあるドロドロの部分、まぎれもない「私」を相手にされているのだ。

私たちはいま、確かに繋がっている。この圧倒的なリアルの前では、ほかのどんなルートもまだるっこしかった。脈打つ襞をより分けられ、あそこの天井を押しあげられるたび、私は表情を変え、ひっくり返された虫のように身をくねらせた。

緋冴さんが左腕を私の腰に回し、まるで腕相撲するみたいに立ててくる。胸の谷間を通して、ちょうど私の眼前に掌を見せてくる。止まり木を見つけた雛鳥の勢いで、私はそれを抱きしめた。

そうして支えをくれると、緋冴さんが本格的に、くノ一の指戯を発揮し始めた。

「……うああ……あっ！　ふぁ……ふああっ！」

ゆっくりと前後していた指が、あちこちを突きあげ始める。中指と人差し指がそれぞれべつの生き物となって、指先を突きさしたり、指の腹を震わせたりし始める。緋冴さんは熟練のピアニストもかくやという器用さを見せて、いままで歌ったことのない粘膜たちを見事に合唱させた。

「ああっ、いい！」

折りまげた膝をガクガク笑わせ、マットをひっかくように爪先を丸める。緋冴さんの指は的確に私を見抜き、気持ちのいいところを刺激してくる。内臓を掻きむしられる生々しい感覚が、背中越しに伝わる緋冴さんの鼓動に合わせて、陶酔的な痺れに変わっていく。

「いいっ、き、気持ちいいっ！」

わだかまりなく声にできた。自分の感覚を素直に受けいれて、相手に伝えられた。緋冴さんが「おおきに」と呟いて、手の動きに細工してくる。二本の指だけでなくその付け根も使って、ふくれあがったあそこを揺すってくる。

「いいっ、い？　ひあああ！」

指の谷間に挟まれ、細く捩れていた股布が待っていました、と言わんばかりに加勢してきた。指の動きに合わせて、いきり立っている突起を刮ぎ、挫いてきた。

「ああぁっ！　ああっ、あっ、あっ、あっ！」

股布はオイルと私のおツユを吸ってヌルヌルの粘膜に変身し、あたかもソフトクリームを舐める舌のように、快感神経のカタマリをいじめてくる。私は口を大きく開け、叫びと吐息をくり返し、唇の端から涎を垂らした。

緋冴さんがそっ、と左手の指を伸ばしてくる。指の腹に震える唇を縁取らせ、こぼれた涎を拭ってくる。私は半ば無意識のうちに、その人差し指をくわえていた。根本まで呑みこみ、吸いついて舌を絡めた。オイルと緋冴さんの味がした。ひまわりの花みたいに、陽性の甘さがあった。

「……ふふっ、お姫さんってば甘えん坊さんやなあ。ホンに蒯とそっくりや……」

女性器からの快感にも煽られ、私は無我夢中で緋冴さんを吸った。子どもに戻って、おしゃぶりしている気分だった。オトナの興奮と幼児のリラックスが一緒に募って、ただされているだけとか、自分が無力だとか、いつも私の心を縛りつけているものがどうでもよくなった。私はしたで思いっきり指を喰いしめ、うえで力いっぱい指を吸いこみ、湧きあがる衝動に身を委ねた。

「〜〜ンッ、ン〜〜ッ、ッ！　〜〜ッ！」

ひさしぶりの、身体の芯まで蕩ける絶頂だった。全身にぶわっ、と汗が滲みだして、体温が上がったり下がったりしているのを自覚させられた。カクン、カクン、と腰が動き、気がつけば爪先でバスマットの端を折りまげていた。ぷはっ、と指を吐きだし、私は新鮮な空気を貪った。

ああ、空気って美味しいんだなあ――。

「…………うふふ、情熱的なお昇りさんでしたなァ」緋冴さんはオトナの笑みを見せながら指を抜き、ショーツを脱がせてくれた。「いやァ、眼福でしたわ……」

「……ふはっ、はっ、はぁ、はふぅ、ふう…………もう……」

むくれるのは、ただのポーズだ。私は肩で息しながら、鏡に映った自分のあそこを見やる。イッたばかりの花びらは少し開いて、内側の赤みを見せている。突起も充血して、赤く光っている。オイルやお湯の香りに混じって、私の匂いが立ちのぼっている。

世間的には、女性器というのはマイナスイメージを背負わされがちだ。ペニスの露出はギャクのネタにされたりするけれど、女性器の場合はシャレにならない。必ず押し隠し、閉じこめなければいけないもの。見るとなにかさわりがあるもの。そんなふうに思われているし、私も半ば、そう思いこまされかけていた。

でも、こんなふうに愛してもらったあとに見れば。これはこれで、愛らしいものなんじゃないか、と思えてくる。なんだか自信が湧いてくる。

「…………あ」

ふと、私は内腿に走った震えで我に返った。

「あ、あの……薊さん、ちょっと……」

性の昂ぶりが静まってくると、私は尿意を覚えていた。それも、急カーブで迫りあがるものだった。腰の裏をブルブルさせながら後ろを振り返ると、緋冴さんが肉厚の唇を意地悪にまげてきた。

「……ここは水場なんやから気にせんとどうぞ。あとでウチらが掃除しますし」

「いっ？　い、いや、そんな、それはちょっと……」

慌てて立ちあがろうとしたら押さえこまれ、両膝の裏を抱えられる。先ほどまでよりもっとあられもないM字を取らされる。

「……きゃあっ！　緋冴さんっ、ちょっと！　お、怒りますよっ！」

「お姫さん……この広いよのなかには、そういうのが好きな殿方もおるンどすえ？」

暴れる私の前に、ホタルちゃんがシャワー＝ノズルをつかんで立ちふさがった。

「……やっておしまいなさい」

「それ、私のセリフ……ああっ、だめえっ！」頭皮マッサージができそうな勢いを、スナイパーの精度であてられた。「あてないでえっ！　そんなっ、あああ！　あっ、だめ……だめだめだめぇっ！」

しばらくお待ちください。

「……えっと」と、ホタルちゃん。「……涙のあとには、虹もある……」


二人と別れて自室に戻った。

ホタルちゃんにつけたタンコブが、ちょっと心配——いやいや、あれは当然だ。ここは主人として、心を鬼にしないと。

ジャージを脱ぎ、いつもの超ラフな姿になって勉強を始める。風呂場でいろいろあって疲れていたはずだけれど、怖いくらい集中できた。いつもよりずっと濃密、かつ、すばやくこなせた。

ちょっと休憩。カップを二個取りだして、紅茶を入れる。ミニテーブルの向かいに、クッションと一緒に置く。

「…………………どうして、おわかりになられたのですか」

いつ出現したのかはナゾだったけれど、制服姿の蓟が片膝をついて畏まっていた。私は答えずにお茶を飲み、

「隠れてなくてもいいわよ。一緒に勉強しない？」

「それでは、姫さまのお邪魔になります」

「……その……誰かに教えるのも、いい勉強になるのよ」

蓟が恐縮しながら、席についた。長いポニーテールが、ジュウタンのうえで「し」の字を描いた。いろいろ話題にしたいことがあったのだけれど、

「わからないことがあったら、遠慮なく言って」

口にできたのは、こんな冴えない言葉だった。二人で黙々と勉強し、夕食時間になったら食堂に行った。30分ですませて、再び勉強。そのあいだの会話は、

——もうソ連はないのですね。

——……そうね。

だけだった。

消灯の時間が近づいてきた。静かな部屋に奇妙な緊張感が積もり始めた。23時の3分まえになったとき、蓟が突然、平伏してきた。

「先日は、申し訳ありませんでした。姫さまを襲い、さらには……」耳まで真っ赤になっ

て、「本当に申し訳ありませんでした。二度とあのような伽はいたしませんので……」

「……ええっ？」

思わず大声を出してしまった。薊が、驚いたように頭をあげてきた。

「あ、いや、その……」目を左右に逸らし、口のなかでごにょごにょしてから、「……されるのも、するのも……その……そんなに、いやじゃなかったし……」

ああ、これではただのいやらしい娘だ。

「ほ、ほら！　その、ああいう経験も、将来役に立ちそうだし……」

「…………」

「だから、また……あ！　今日は疲れているから、いいんだけれど……」

今度は、私が勢いよく首を振る。

「……姫さま」押し殺したものの大きさをうかがわせる口調で、「実は……」

と、真っ暗闇になった。

消灯時間がきて、照明が落とされたのだ。夜目の利く薊はともかく、私にはなにも見えなくなった。手探りしながら這って、ベッドそばのフットライトをつけた。

「ええと、なに？」

「……いえ、なんでもありません」

薊はそう言って、あの微笑みを浮かべた。冬の夕陽みたいな、とてもキレイだけれどすぐに消えていきそうな笑み。

「ご就寝のお時間となりましたので、失礼いたします。薊は隣室に控えておりますので、ご用のさいは壁をお叩きください」

「……ええとね」私は意味もなく右手の人差し指を立てて、ふらふらと揺らした。「それだと、その、二度手間じゃない？　だから、その……」

「……姫さまに望んでいただけるのでしたら」

薊が制服を脱ぎ、いつもの黒いサラシとフンドシ姿になった。結い紐を解き、ポニーテールを崩した。小さな鈴を鳴らしているような音を立てて、黒髪が流れ落ちる。ただそれだけなのに、裸を見せられるより艶めかしく感じられた。

私はどぎまぎしながらボディ＝ピローを除けて、壁に立てかけた。二人で寝るには少し狭いベッドだったから、ぴったりと身を寄せた。

「…………そんなに緊張しないでよ」

「はっ、そのように努めます」

「……いや、だから……」

言いかけて、やめた。私は薊の右腕を軽く抱えこみ、目をつむった。

控えめな温もり。優しい匂い、柔らかな肌触り。少し手を伸ばした先には、黒髪の涼やかな質感が流れている。

すぐに眠気が押し寄せてきた。鼻先の二の腕に軽く口づけしながら、私はひさしぶりの甘い眠りを貪った。


放課後になった。

二月の第一土曜日になると、校内は急にそわそわし始める。

もうすぐ、チョコレート屋の陰謀が実を結ぶ日だ。男性がいない女子校のそれは、「恋愛ゲーム」とはひと味ちがう。友情の現れだったり、グループ内の付け届けだったり、と微妙な力学も絡んできたりするのだ。

とはいえ、母亡きあとの私にはまったく縁のないセレモニーだ。くれる相手はもちろん、あげる相手もいなかった。

そのはずだった。

（…………薊は、こういう行事をどう思うのかしら……そもそも知っているのかしら？）

初日に私の隣席を奪ったくノ一は、いつものように神妙な顔を浮かべている。そのまわりにはクラスメイトが二人、イスに座って語りかけている。

転校して三週間も経つと、やはり双方ともに慣れ始める。時代錯誤な困ったチャンとお嬢様方とのあいだにも、機械翻訳越しのような交流が生まれていた。

「……薊さんも、ヴァレンタインデーのご予定は立てていらっしゃるの？」

「申し訳ありませんが、薊の行動計画は機密にあたりますので」

これでよく会話が続くと思う。

「まあ！　でも、薊さんはきっとお忙しくなられると思いますわ……薊さんにチョコをお渡ししたい、という方は、少なくありませんもの」

私は垂れてきた前髪を掻きあげた。

「……いつの間にか人気者になっちゃったわね」と、折笠綾子。私の前に座り、「気づいていた？　薊さんのおかげで、美由樹さんもいま人気急上昇中なのよ」

「…………どうして？」

「トラブルメーカーとコンビを組めているから、かしら」綾子は笑った。「ホントはとっても面倒見のいい人だったのでは、って……」

いまの私は、確かに合理的ならざる生き方をしている。こうして薊のフォローをするために放課後を潰しているし、緋冴さんたちと戯れたりもしている。

緋冴さんたちとの伽は、いずれシンデレラ戦略に役立つかもしれない。でも、前者に関しては時間のムダだ。だいたい、貧乏学生の私が誰かに狙われるはずもない。私は要するに、薊たちの誇大妄想症につきあっているのだ。

「……べつに……私は委員長だから」

「それだけ？」綾子の声は、つねになく粘っこかった。「ひょっとして、仕方なくつきあってあげているの？」

「……まあ、そうかしら……」

横目で薊を見やると、きれいな眉がかすかに動いた。言いすぎたかな、と思って言葉を付けたそうとしたとき、

「……まあ、なんて仕事熱心なのかしら！　さすがですわ、それでこそ、わたくしたちの誇りとする委員長ですわ！」

「……」

「お聞きになりまして、薊さん？」クラスメイト二人が、陳腐と言ってもいい手管を使い始める。「美由樹さんは、こういうお方なのです。感情で動いたりなさらず、つねに合理的に、目的意識をもって歩まれる……」

私は彼女らと向かいあった。中指で眼鏡を押しあげて、

「まっすぐに言いなさいよ」

このセリフ、薊にも言ったっけ。

「……小耳に挟んだのですけれど」と、右側の娘。獰猛な笑みを浮かべて、「美由樹さんはお母様がお亡くなりになられたとき、一度も泣かれなかったんですってね」

「そもそも、お母様のご容態をまったく気にされていなかったそうじゃない……小学校のころから、進学塾の特待生をやっていらしたんですってね？　……勉強ばかりしてほとん

どおウチにいなかったと聞いているわ。だから、お母様が倒れ」

「それがどうかした？」

私は皆まで言わせずに遮った。それは、それだけは絶対に触れられたくなかった。

「……お部屋にお写真も飾っておられないそうね」

「あなた方に覗きの趣味があるなんて知らなかったわ」

二人の眉毛が吊りあげられ、薊の眉が少しさげられた。

「これでわかったでしょう、薊さん……この人は、心の底から冷たい人なのよ。関係がなくなれば、自分の肉親でさえあっさり捨てさってしまう」

「委員長をやっているのも、将来のための点数稼ぎでしょう？　そんなに成功して、人のうえに立ちたいのかしら？」

隣の綾子が腰を浮かせ、両手を左右に振り、全身で「おどおど」を表現し始める。彼女のごくふつうの仕草が、私にはいちばん痛かった。少し長めのため息をついて、

「……ええ、立ちたいわ」

二人のすまし顔を睨みつけた。

「私は強くなりたい、自分の大切なものを守れる力が欲しい。その力を得るため自分にいまできることがあるなら、躊躇なくやるだけだわ……進学にせよ就職にせよ、内申書は必ず評価されるのだから稼いでおきたいのは当然。そのために学級委員を務める、これは公

認の方法。私のなにを攻撃したつもりでいるの？　あなた方はただ、『自分たちは将来のことなんて考えたこともないんです』と、自分の無能さを大声で囀ったただけよ」

二人は睫毛と指先を震わせた。

「……………な……だ、だから、あなたにはお友達がいないのよっ！」

「あなたの考えているようなお友達なら、居なくても結構」

潮時だった。私はカバンをつかみ、ゆっくりと席を立った。

「ちょっと待ちなさいよ！　逃げる気？」

「……そう思いたいなら、どうぞご自由に」

気色ばんだ二人が詰め寄ってくる。肩をつかまれる寸前、私と彼女たちのあいだに黒い鞭が割って入った。

「ひめ……美由樹さま……さん、帰宅いたしましょう」

薊の黒髪だった。薊は首の一振りで追っ手いなし、私の隣に並んだ。

「……あ……まだ話は終わって……きゃあっ？」

振り返ると、白いショーツと若々しい太腿が見えた。二人は突然ずり落ちてしまったスカートを直そうとして、チェック柄をグシャグシャに歪めていた。

薊は目だけで頷き、私を外まで連れだした。いきなり私の両足を抱きあげて、俗に言うお姫様抱っこをしてきた。

「……う、わぁっ？　ちょ、ちょっと……」

「薊と散歩に出かけましょう……」

言うなり、ジャンプ。私を抱きかかえているにもかかわらず、校門に跳びあがる。

「……え……うええっ？」

「だいじょうぶです、薊に委せてください」

校壁を走り、勢いをつけて跳躍。電信柱のボルトを足場に、また跳躍。学園隣の元地主、山田喜一郎《やまだきいちろう》さん宅の瓦屋根に着地すると斜面を滑るように走り、雨樋《あまどい》ギリギリのところでジャンプした。お庭のコイを眺めていた山田さんが、「たまやー」とでも言いたそうな顔で私たちを見あげていた。

薊はさらにスピードをあげて、屋根のうえを跳び続ける。ひさしぶりに晴れた冬空が私たちを迎え、温められた風がジャケットの襟やリボンをはためかせる。ふと上目遣いになれば薊の長い長いポニーテールが、なにかの軌跡を描くかのようにたなびいている。

「……………」

私は黙って、薊の胸にしがみついた。羨ましくなるぐらいのふくらみに、そっと頬を押しあてた。

※

どうしたらいいのかわからなかった。ただ、美由樹さまを外に連れだすべきだ、という直感だけはあった。

僕はひたすら跳び続け、街から離れて勝波沼《かつはぬま》のそばに着いた。

ここは現在、カッパ伝説を押しだして観光キャンペーン中である。沼のそばにはコテージ風のキャンプ施設が作られていて、僕らはそのひとつを第三拠点用に確保していた。

「…………」

部屋のなかにご案内しても、美由樹さまは無言だった。

十畳ほどのログハウスにはベッド、毛長の円形マット、そして暖炉が設えられている。

僕はまず火を熾《おこ》し、室内を温めた。続いて特殊無線を使って緋冴に連絡し、外泊その他の後始末を頼んだ。すでに事情を聞いていたらしい緋冴は、「まかせておくれやすー」と言ったあとで、

——薊……今度はアンタが、お姫さんを甘やかしてあげる番どすえ。

困惑しつつ応接間に戻ると、美由樹さまはベランダに出られていた。

そろそろ夕暮れだ。冬の沼は水と土の寒色ばかりで、沈みゆく陽の紅さを面白いように吸いとっている。冷たくなりだした風が水の匂いを運んでくる。生気のない風景だが寂《さび》に似た美しさがあった。ほかに客はおらず、この美景は僕たちだけのものだった。

「……あの娘《こ》たちの言っていたことね」

美由樹さまは真っ赤に揺れる沼をご覧になられていた。眼鏡のガラスに赤が映り、表情はいまひとつわからなかった。

「ほぼ本当よ……私は母が死んでから、一度も人前で泣いてないわ。寮の部屋に写真を飾ったこともない……」

「姫さまは……」どう言えばいいのか、わからない。「姫さまは、うえに立たれるお覚悟を固められたのでしょう？　頭を務める者の第一条件は、陽のあたる世界で絶対に涙を見せぬことです……姫さまは、それを誇りになられてもいい、と思います」

「…………そう。ありがとう」

美由樹さまは少しあごを引き、前髪を垂らして表情を隠された。

「ただ、ここにいるのは薊だけです……」

声の違和感に気づいたのか、姫さまが驚いたようにお顔をあげられる。僕自身、自分がこのような声音と口調で語りかけられるとは思っていなかった。

「……薊たちくノ一は、陰に潜む者です。ですから……だから、その……」

美由樹さまはタイミングを逃した証明写真のように虚ろな顔をしていたが、不意に瞳を震わせられた。小さな振動は目尻に達し、やがて顔ぜんたいに広がった。

「……力に……なりたかったのよ」

「…………はい」

「私には……ほかに、なにもできなかったから……」腿のあたりで両手を握りしめ、軽く俯かれる。クシャクシャになった目の両端が潤み、みるみるふくれあがる。「……だから、私……だから……」

僕は黙って、近づいた。震える肩を抱きしめた。

「……ラクをさせてあげたかった……塾の特待生ってね、おカネがもらえるの、私にできる唯一のアルバイトだったの！　だから、私……あの晩も塾に……塾に行って……」

美由樹さまは、母君の最期を看取られなかった。

「……私におカネが……力があれば、もっと！　もっと一緒にいられたのに！」

あとは泣きじゃくりだった。

「お母さん、お母さん、お母さん……！」

僕の腕のなかで、美由樹さまは火のついたように泣き続けた。

あたりが暗くなり、月が主要な灯りになった。流れる雲が光を遮り、僕たちは光と影を行き来した。すすり泣きの狭間に風の音が挟まれる。湿気を含んだ風は、かなり冷たくなっている。にもかかわらず、僕は温かな気持ちを覚えていた。

不思議な感動を噛みしめていた。

泣いてしまった。

「……姫さま、夕餉です。レトルトのカレーですが、お許しください」

私たちは、虎縞模様のマットに直座りしていた。目の前には、赤々と燃えている暖炉があった。炎の勢いに合わせて影が揺れた。渇いた熱気と物の焦げる匂いがした。

「ありがとう……」

目のまわりが腫れぼったい。制服の袖や襟がグチャグチャだ。なにより、恥ずかしい。薊が流してくれているのはありがたかったけれど、同時に小憎らしくもあった。

「…………お酒とか、ある？」

薊の無表情に、亀裂が走る。

「あなたたちだったら、非常用になにかしら持っているんじゃない？」

「はい。気付けや消毒に使いますので、蒸留酒の類は携行いたしておりますが……」

実家の一夜についてホタルちゃんから聞きだしたのだけれど、薊はくノ一なのに、お酒に弱いらしい。べつに「ガオーッ」とさせたものでなくても、20度数を超えているものならコップ半分でダウンするそうだ。

「……薊もよ？」

「いえ、薊は…………わかりました」

薊は怪しいリュックを漁って、怪しいヒップフラスクを取りだした。怪しい中身を二つの紙コップに注いだ。

「……どんなお酒なの？」

「よく燃えます」

私たちは向かいあい、乾杯もなしにあおった。

味より先に火傷みたいな痛みに襲われて、けほけほ、と咳きこむ。喉からお腹にかけて、まだ熱いものが流れ続けている。口や鼻に甘ったるい匂いが残っていて、息するたびにくらっ、ときた。頭が少しばかり軽かった。自分の動作と視界のあいだに、微妙なタイムラグが挟まれているように思う。

熱い。

私はジャケットを脱ぎ、襟元を緩めた。薊は蠟人形のように硬直したまま、髪の生え際に汗を滲ませていた。顔に出してはいないけれど、私よりも熱そうだ。

「……脱いだら？」

「あ、はい……」

薊は生真面目そうな表情のまま腰を浮かし、スカートのホックを外した。いまふうのジャケットには似合わないフンドシと、たくましくも艶めかしい美脚を披露した。男性向けのものが股間を締めつけているさまは、まちがった感じがしてどことなく淫靡だった。

「……ふつうは、上着からだと思うけれど」

「はい、そうでした！」

ジャケットを脱ぎ、ワイシャツを脱ぎ、靴を脱ぎ、下着とニーソックスだけになる。サラシほか着ているものはみんな黒で、蓟の肌をひときわ映えさせている。

「脱ぎました！　さらに、したもいきますかっ！」

「……ホントにすぐ酔っちゃうのね」

「蓟はぜんぜん酔っていないです！」

酔っぱらいは必ずそう言う。

暖炉の薪が、音を立てて爆ぜた。蓟がふだんどおりの顔で、身体を左右に揺らし始めた。

「危ないわよ、ほら……」肩をつかんであげると、委ねるように寄りかかってきた。私の力ではとても体格差を埋められず、「……きゃっ？」

一緒にマットに倒れこむ。ビックリしたけれど、したに敷かれた毛とうえに乗った肌、ふわふわとスベスベの対比が気持ちよくて、私は下戸のくノ一を抱きしめ続けた。蓟の重さも、肌の熱さも、髪の匂いも、いまの私には安心感の源だった。

「……ありがとう」

ここまで連れだしてくれた。涙を受け止めてくれた。こんなにお酒弱いのに、ムリしてつきあってくれた。私が印籠の持ち主だから、というだけで。彼女たちにとっては、非合理的な縛りのはずなのに。

「蓟は……お役に……立てましたか……？」

「……うん」

私は蓟の頬を抱えて、持ちあげた。額をつきあわせ、漆黒の瞳を覗きこんだ。

とても澄んでいるけれど、底のほうが凍っている。蓟がどことなくアンドロイドっぽく見えるのは、そのせいだ。いまの私は、それが「自信のなさ」の現れだと知っている。私は目を閉じて、頭を浮かせた。唇に柔らかく湿ったものを触れさせた。

ファーストキスだった。

瞼を開ける。睫毛と睫毛がぶつかりそうになる。蓟は眉を跳ね、両眼を見開いていた。ちょっと可愛らしい顔だった。

「…………ッ！」

震えながら頭をあげて、離れていく。私はあとを追って、もう一度唇を重ねた。今度はより密着させて、濡れた粘膜どうしも触れあわせる。唇の温みや弾力だけでなく、匂いや味まで流れてくる。カレーとお酒の匂いが混じっていて、つい頬を緩めてしまった。息継ぎしたくて少し離すと、今度は蓟が食いついてきた。

「うぁ、むっ？　あむ……」

キスしながら、唇を開けてくる。私のほうもつられて開き、私と蓟の体腔がひとつの管に繋げられる。私は蓟の吐息を吸って、蓟は私のを吸う。二人で作った匂いが甘くて、もっと唇を押しつける、もっともっと押しつけられる。無意識のうちに舌を伸ばし、伸びてきたそれとタッチする。

「…………むぁっ！」「…………ふあっ！」

ぬるりと濡れた感触は、信じられないくらい気持ちよかった。おたがいにビックリして、思わず唇を離してしまった。

たぶん、私の瞳にもそれまでとはべつの火が灯ったのだろう。それを蓟のなかに見つけると、私はたまらなくなって、またキスをした。蓟のほうも同じだった。すぐに舌を伸ばし、新しい遊びを覚えた赤ん坊のように絡めあう。唇に塗られる温かさに、舌に残る味に、ますます夢中にさせられた。ほとんど唾液を交換しているくらいになった。

さすがに息苦しくなって唇を離すと、ホントに銀色の糸ができていた。私は微笑み、蓟は真剣な顔になった。先に動いたのは蓟のほうだった。

「……………姫さま……っ！」

首筋にキスし、思いきり吸いあげてくる。痕に残ってしまうかも、と不安になったけれど、それならそれでいい、と思い直した。蓟は左手でワイシャツのボタンを外し、右でスカートを掻きわけてくる。左足の内腿を撫であげながら、しだいに露出させてくる。胸と股に外気が流れこんできて、暖炉のそばを実感させる。

「うん、だいじょうぶだよ……」自分でも不思議なくらい、優しくなれた。蓟の背を撫で続けながら、私があのころ、もっとも欲しかった言葉を口にした。「私は、どこにもいかない……薊のそばにいるよ……」

大きな子どもが一瞬固まり、また手と口を這わせてくる。首筋からはだけた胸元に降ろし、私の急所に吸いついてきた。

「………ふぁっ！」

思わず背を撫でるのをやめて、薊にしがみついてしまう。鎖骨に痕をつけていたくノ一は上目遣いで私を見、瞳の奥に悪戯っ子の輝きを灯した。私がなにか言うまえに、鎖骨の稜線を舐めずった。

「あ……ッ……ンくっ、あ、あ……！」

端までくるとブラジャーのストラップに噛みつき、肩からずりおろさせる。反対側のブラもワイシャツと一緒に脱がせて、もろ肌を露わにさせる。薊から見て鎖骨のパノラマを作ると、右左かまわず舐めてきた。真っ赤になるまで吸い、喉元のくぼみを舌先でえぐってきた。

「……あ……うあ、あ……あ、ああ、あああ……！」

すぐに両腕から力が抜け、薊の背から滑りおとしてしまった。二の腕を粟立たせ、鎖骨からほとばしるものを受け止めかねるように、ぶるぶる震わせる。額に汗が滲み、瞳に涙の膜が張られた。

まったく、どうしてこんなに弱いのだろう？　薊がキスの音を立てるだけで、そこから気持ちよい電流が走ってくる。私はあられもない声を殺すために、歯を食いしばらなくてはならなくなる。ときおり背までくねらせ、捲りあげられたスカートをエッチな感じにはためかせてしまう。

薊は私の目線に気づくと、右手をそっと移動させた。足の付け根から股間に移して、幼子に向かって「おいでおいで」をするように撫であげてきた。くちゅっ、と濡れた音がして、私は耳まで真っ赤になった。

「………………いいんですよ、姫さま」薊は鎖骨から唇を離し、ほぼ用を果たさなくなっているブラを引きおろした。「むしろ、嬉しいです。勇気づけられます」

「もう……」なんて返したらいいんだろう、「………えっち」

薊はにっこり微笑んで、私の胸をつかんだ。軽く絞りだすと鎖骨から舌を這わせて、乳頭をぺろっ、と舐めてきた。

「ンあっ！」

そのままカポッ、と乳頭ごと含まれて、粘膜の生温かさを味わわされる。乳首に舌を絡められ、ゲームのコントロールレバーみたいに挫き倒される。自分がそこをどれだけ尖らせているのか、いやというほど思いしらされる。

「……失礼いたします」

薊がショーツの足刳りに指をかけ、股布をよじらせた。掌に陰毛を撫でられたのが、たまらなく気持ちよかった。私のそこは熱く潤んで、待ち人の顔を隠さずにいる。蓟の中指が、男性向け雑誌の消し線みたいに押さえてくる。

「ふぅン……ッ……！」

たったそれだけで、眉間の奥に血が集まった。蓟は割れ目の縁をていねいに縫りわけ、心臓外科医の手つきで潜らせてくる。異物のぶんだけ「中身」があふれだし、会陰部を濡れた感触に舐めおろされる。自分の潤みを強烈に自覚させられる。襞の重なりを軽く爪弾かれ続け、指の根本まで埋められた。

「……ンぁ……あ、うあ……あああ……」

蓟が、私の大事なところに入っている。そこはホントに貪欲で、まだ控えめな指を自分から締めつけてしまう。熱いものを湧きださせて、歓呼の声みたいに浴びせてしまう。

恥ずかしい。私はゾクゾクの止まらない腕を伸ばして、蓟の頭も包みこむ。絹の手触りに指を絡みつかせ、あそこに負けじと蓟を感じる。蓟が再び乳頭を含み、ヌルヌルの気持ちよさを塗りつけてくる。ときどきちょっとだけ歯を立てて、まったりしてしまいそうなそれに気付けをいれる。私は悔しいくらい翻弄されて、そのあと舌の一撃を受けるたびに、蓟の髪を掻きまわしてしまう。

私の指に結い紐がひっかかり、ポニーテールがばらり、と解けた。蓟の頭上で黒が踊り、二人の繭を作ろうとしているみたいに降ってきた。私たちは、ひとつの世界に包まれた。

それに勇気づけられたように、薊が私のなかを掻きまわし始めた。

「……あああ……ひあっ？　ああっ！」

暗がりのなかでスイッチを探していた指が、「緋冴」印のそれをひっかく。それまでのむず痒いような切ないような、甘いような苦しいような、ごった煮の感覚がひとつにまとめられ、あの一瞬、私だけの時空間を召喚する。光り輝く白の世界、音も匂いも肌触りも消えるはずのそこには、

「姫さま……美由樹さま……」

薊の声があった。

薊の指が、舌が、肌があった。一人ではなく、薊と一緒だった。

「薊っ、あざみぃ！」私は急に運ばれたせいで、軽いパニックを起こしていた。「わ、私、なんだか……ああっ、わからないんだけど、でも……でも……！」

「……だいじょうぶです」私の前髪を掻きあげて、「薊を感じてください……」

呼吸に困らないていどのキスをして、中指の動きを速めてくる。女性器の天井が、しごくように擦られる。あそこに集まっていた血が振りわけられ、指の動きに合わせてピュッ、と流れてくる。心臓がもうひとつできたような。手足の爪が、痒みを覚えるくらい熱い。

「……思いきり翔ばれてください」

薊の第一関節が、いちばんビクビクしている部分を思いきりひっかいてきた。私は力い

っぱい瞼を閉じ、股間からほとばしるものに身を委せた。

「あああああっ！」

それまで味わってきたのとは、まったく異質の絶頂感だった。背を反らし、腰をビクビクさせながら、私は薊の指を喰いしめる。より強く、より深く薊の存在を感じとる。

「……姫さま……なんてキレイな……」

薊は締めつけをものともせず、爪繰り続ける。痕が残るまで首筋を吸いまわる。汗を舐めとり、震える頤を含み、むしゃぶりつくようにキス。私の唇を掻きわけるようにして、舌を潜らせてくる。

「……あむむっ、ンむ～～ッ！」

上下から挟みうちされ、私はまた翔ばされた。叫ぶ代わりに舌を踊らせ、競っているみたいに絡みつかせる。粘膜どうしの絶頂感は粘っこくて、ハチミツのようにあとを引いた。目の奥あたりが甘く濁り、薊しか見えなくなった。

「ふはっ、はあっ、はぁ……姫さま、いいですか？　気持ちいいですか？」

「……はあっ、はあ、はぁ……い、いい！　気持ちいいっ！」

「もっと激しくしてもいいですか……薊に委せてくださいますか？」

返事の代わりに頷くと、薊は人差し指も挿しこんできた。

「……うふぁっ？　ふあ、あああ……ひ、広げられちゃ……あああああ！」

薊は二本指を上下、あるいは左右に動かして、私のあそこを伸び縮みさせてくる。舌鼓めいた音を、私の奥まで響かせる。独りのときには恥ずかしかったそれも、いまは興奮を掻きたててくれる媚薬だった。

それほど間を置かずに達し、私は両眼から涙をあふれさせた。薊が唇を寄せてきて、頬を流れ落ちるまえに吸いとってくれた。その気遣いがたまらなくて、私はまた魂を翔ばしてしまう。絶頂するまでの時間がだんだん短くなっている。

「……姫さま、そのときには」と、薊。ややためらいがちに、「イクとおっしゃってください。そうすれば喜ばれます」

喜ばれる？　ヘンな言いまわしだな、と思ったけれど、

「……う、ん……あ……あっ？」

それより先は紅蓮の快楽に燃やされた。薊が親指でクリトリスの付け根を押し、あたかも下腹部を挟むように揉みたててきた。

「そ、それすごいっ！　すごい気持ちいい！」

粘膜と突起の気持ちよさがたがいに競いあい、私をどんどん押しあげる。耳たぶの甘噛みも、鎖骨へのキスも、私をさらなる高みに連れていく。

今度こそ、あちら側に翔ばされそうだ。その予感があるのに、少しも怖くない。だって、私はいま独りじゃないのだ。どこまで昇っても薊がいる、薊を感じられる。二人で到達し

たそこは、閉じられていても決して退屈しないはずだ。

「姫さま……姫さま……姫さま……！」

薊の汗が、私の瞼に滴り落ちてきた。睫毛をたわめられるわずかな刺激が、なにもかもを振りきらせた。

「……い……く……ッ！」

内からの衝撃に圧倒される。たまらず薊にしがみつき、その背に爪を立ててしまう。胸と胸を押しつけて、たがいのふくらみを平らにならす。このままじっとしていれば、ひとつに融けあえるかもしれない。脳がキラキラと透きとおっているあいだじゅう、満ちたりた気分に抱きしめられる。

「……くあ……あ、は……はあぁ……あああああ……」

私が正気を取り戻すまで、薊はじっと耐えてくれた。

「姫さま、あの……その……だいじょうぶ……ですか？」

「……あー……う、ん……だ、だいじょうぶ……」

両腕をパタリと降ろし、薊を解放する。イッたばかりでまだ敏感なあそこを刺激しないよう、薊は慎重に指を抜いて、

「……ありがとうございました」

「それ、私のセリフ……」上半身を起こしかけて、失敗。「……だから、今度は……」

薊が慌てて、私を抱きあげようとしてくる。その腕をつかんで引っぱりこみ、くるっと半転した。今度は私がうえになった。上着も下着もぜんぶ脱ぎ、ソックスを履いているだけになって倒れこみ、

「……私が……その、ええと……気持ちよくしてあげる」

薊の額にキスをした。

「……ふあ」

薊の吐息が喉にあたった。そのこそばゆさが嬉しかった。緋冴さんの真似をして、顔じゅうあちこちに口づけてみた。眉間、瞼、鼻のてっぺん、ほっぺた。それだけで、薊の体温が変わってくる。どちらかといえば冷たかった肌が、みるみる熱くなってくる。

「薊……」

私は目を開けたまま唇を重ねた。薊も瞼を開けていた。おたがいに瞳を見つめあい、自分の顔を確かめあった。うえになってするキスは、したのそれとは少しちがった。おずおずと伸びてきた舌を吸いこみ、唇も使って揉む。口をぜんぶ使って味わいつくす。

両手を滑らせ、かすかに震える首筋を撫でおろす。女性にしてはしっかりとした肩を揉み、腋のしたあたりを通らせてサラシごと胸に触れた。

「………………ん」

薊の瞳がピクッ、と揺れる。薊の胸は窮屈そうに締められてもなお、こんもりと盛りあ

がっていて、ぴったり合わされた谷間には指も差しこめなかった。私はキスをやめて、でも薊の表情が一瞬翳ったのでもう一度キスをして、少しずり下がった。白い肌と黒いサラシの対比を、じっくりと見つめた。

「……これ、どこから脱がすの？」

薊が眉を歪めた。

「このままでは、だめでしょうか……」

「どうして？　私、薊のぜんぶを見てみたい」

「姫さまに……ご不快な思いをさせてしまうかもしれません」

私は跳ね起きて、脱いだ制服を漁った。目当てのモノを取りだして、

「……この印籠が目に入らぬか」

言ったあとで顔が赤くなった。

「…………御意」

薊がくすぐったそうな笑顔を浮かべて、上半身を浮かせる。締めこみを外し、黒布をゆっくり解き始める。皮を剥かれるリンゴのように肌が現れ、封じられていたボリュームが本来の迫力を取り戻す。谷間の匂いが流れだしてくる。最後の一巻きと一緒に、薊は両腕をおろした。

私は息を呑んだ。

薊の胸にはヨコに一本、ちょうど乳首の真下を通る刀傷が走っていた。ほかにも傷はあるけれど、これほど長くて、太くて、目立つものはなかった。

「………」

胸の形は、左右とも理想的だ。誇らしげに突きだしていながらも恥じらいを忘れず、ほんの心持ち俯いている。尖端はキレイな紅色で、土台相応に大きい。女の私でもぜひ吸いついてみたい、と思わせられる。

でも。

傷が癒えるさいに引っぱられたらしく、乳暈はタテに縮められて、俵型になっている。乳首も暗がりで育てられた芽のように、思いきり俯いている。そこまで細かく見なくても、白い肌とヨコに走る赤黒さの対比は強烈だ。ほかの部分がほぼ完璧であるだけに、かえって悪目立ちして、猟奇趣味さえ漂わせてしまっている。

「これは……母が唯一、謝ってくれた傷です」左手でなぞって、「ほかの傷は『未熟者』と叱られただけでしたけれど……母はこの傷口がふさがるまで、かいがいしく世話してくれました……伊賀の秘薬を塗り、膿は口で吸いだし……」

あっ、と思いあたる。

——あの娘なァ、ヌルヌルしたモンに胸ェ擦られるンが……お舐《ねぶ》されるンが大好きなンよ。まあ、ちょっとワケありなんやけど……。

「……驚かれたでしょう？　傷そのものはもう完治しているのですけれど……」

私はまた薊にしなだれかかり、虎縞模様に寝かしつけた。

「……ひ、姫さま？　い、いますぐお見苦しいものを隠しますので」

「だめ……」横になったせいで少し流れた胸を、そっとすくいあげる。私の手では抱えきれない量感が、ババロアのように揺れる。「……見苦しくなんかない」

たおやかな弾力にうっとりしながら、左胸に口づける。

「ンッ！　……み、美由樹さま……」

ちろっ、と舌を伸ばし、傷の左端に触れた。薊は肩をうねらせ、怯えているような、期待しているような下目遣いをしてきた。私はそこにキスしてから、乳頭まで舐めあげた。

「……あああああっ！」

薊が背を反らし、頤を突きあげる。初めて聞いた薊の叫び声は、女性のそれにありがちな刺々しさがなくて、アリアの一節みたいだった。

「あああ……ひ、姫さま……お……おやめください……」

「……どうして？」

尋ねて、乳頭から谷間まで傷痕をなぞる。薊は先ほどと同じような悲鳴をあげ、潤んだ瞳を向けてくる。私は谷間の汗を吸いとり、右胸の乳頭まで舐めあげた。

「……あッ！　あ、薊が……伽のお役目を……は、果たせなくなってしま……ああっ！」

目で否定し、舌先で乳暈をなぞった。薊はあっという間に腋窩を汗ばませ、体臭を強めてきた。私もまた、自分の鼓動が聞こえるくらい興奮していた。左手で乳頭を絞りださせて、俯いている乳首を含んだ。

「あーっ！」

舌先を繰り、乳首を弾き起こすように舐る。バネじかけみたいに戻ってしまうそれを、何度も弾きあげる。薊はそのたびに肩をくねらせ、濡れた叫びを吹きあげた。私を押しのけようと両手を動かしかけては、ハッとしたようにマットの虎毛を握りしめた。

私はいったん頭をあげて、薊の顔を見やった。

汗まみれの額や頬に、ほつれ毛が張りついている。いつも吊りあがっていた目尻が、いまは真っ赤に染まっている。それらの綻びが、この常人離れしたくノ一をどことなく、泣き虫な感じに見せている。

ひょっとしたら、これがホントの薊なのかもしれない。

精いっぱい背伸びして、凛々しくあろうとしている女の子。気を抜くと、すぐ寂しがり屋で泣き虫な地が出てしまう――。

「これは、だいじょうぶのキス……」

私はまた口づけを交わしてから、左胸に移った。胸の付け根から螺旋を描くように舐めあげて、乳暈を何度もなぞる。焦らされている乳首の震えが、私の唇に伝わってくる。

「姫さまっ、お、お願いです……これ以上されたら、蒯は……蒯は……」

「……いいよ」充血している横っ腹に、息を吹きかけてみた。「言ったよね、私は……私も、蒯のすべてを見たいの……伽のことなんて忘れていいから……」

含んで、吸った。

「…………ッ！　……ッ……ッ……ッ！」

蒯は奥歯を噛みしめて、胸の先端からほとばしるものをやり過ごそうとする。その表情のいじらしさに、私は我を忘れていた。左右隈なく舌を這わせ、ふくらみのあちこちにキスマークをつける。緋冴さんの動きを、見よう見まねで試みる。たどたどしい愛撫だったと思うけれど、蒯は情熱的に応えてくれた。ますます嬉しくなった。唾液で照り返すようになるまで舐めまわしてから、

「お、おやめ……くださ……ッ……やめ……ああっ、姫さま……ぁ……」

両手で乳首を捻った。

「…………あッ！」

蒯が声帯をねじ切られたように、叫び声を詰まらせた。続いて全身の毛穴を開き、甘い汗を噴きださせた。

（蒯が、昇りつめた……ううん、そうじゃなくて……）

私が昇らせた。

生まれて初めて、誰かを絶頂に導いた。

こざかしい理屈なんて抜きに、私はまちがいなく、薊を気持ちよくしてあげられた。自分以外の誰かと、あの悦びを共有できたのだ。それが嬉しくて、なんだか泣きそうになる。震える薊が、とても可愛らしく感じられる。

「…………ッ……ぁ……あ……ふぁ……」

薊はまだ、唇を半開きにして舌を踊らせている。そのなよやかな動きに引きこまれ、私は赤布に突っこむウシみたいに、薊の舌に食いついた。のたうつそれを前歯と舌で挟みながら、乳首をくりくりとよじった。

「……はぁ、あむっ！　ふむっ、あむぅ！　むむぅっ！」

私よりもずっと強いくノ一が、たった三カ所の刺激に全身をビクビクさせる。泳げない子どもみたいに、力いっぱいしがみついてくる。汗まみれの肌と密着させられて、熱と、ぬめりと、おののきが伝わってくる。

嬉しい。とにかく、嬉しくてたまらない。

私は酔ったように、乳首を弄り続けた。親指の腹で転がし、人差し指で爪を立てた。指の背をあてて人差し指と中指のあいだで挟み、親指でギュッ、と潰した。どれも緋冴さん仕込みの技だった。薊は愛撫を変えるたびに背をバウンドさせ、目尻の涙を盛りあげた。ついにあふれだしたので、私は舌を離してそれを吸った。汗と同じ成分だってわかっているのに、とっても甘かった。

「……っふあぁ！　あああ、ああ……ひ、姫さま……お願いです、お願いで……すから、もう……もうおやめ……あっ！」

「どうして？」背筋がゾクゾクする。興奮のあまり、舌を噛みそうだ。「いや？　気持ちよくない？」

「いえ、そうではないのですが……そ、それっ！　ああっ、そこは！」

私はまた、愛し方を変えた。乳頭よりやや鎖骨側に二本の指をめりこませて薊の下半球を反らすと、傷痕から乳首の腹側にかけて親指でなぞりあげた。

「ここは、なに？　どうしたの？」

「……………気持ちいいんですっ、気持ちよすぎてだめになってしまうんです！」

「ホント？　だって、胸に触っているだけなのに……」

「……うああ、ほ、本当です！　本当ですから、だからぁ……！」

薊が、また背を反らした。首を振り、虎縞模様をバックに黒髪をくねらせた。曲線が折りなす艶やかな動きには生命力さえ感じられて、どうして「髪は女の命」と言われているのか納得させられた。

「でも、薊っていつも遠慮して、本音を聞かせてくれないし……」どうしてだろう、意地悪なセリフがするすると出てしまう。「……だから、薊の限界を見てみたいなあって」

いったん胸から手を離し、今度は左右から寄せて谷間を消した。大きな胸だから、乳首どうしをネッキングさせられた。私は見せつけるように口を開け、両方いっしょにくわえこんだ。傷痕に沿って舌を振り、左右ほぼ同時に舐めまわした。

「……あーっ！」

薊が吹っきれたように叫び、私の頭を掻きまわしてくる。髪をひっぱられるかすかな痛みに興奮させられて、私はますます舌の動きを速めてしまう。

「だっ、だめ……薊、もう……もう、だめぇっ！」

くノ一が、私を乗せたまま腰を浮かせた。私の視界に、喉の付け根と暖炉の炎が飛びこんできた。まるで計っていたみたいに、薪が弾けて音を立てた。

「……イクッ！」

薊が焼けつきそうな声で叫び、糸が切れたように身を沈ませた。

——そうすれば喜ばれます。

薊の言ったとおりだった。それを耳にした瞬間、私のお腹の底も熱くなった。まるで、私まで達してしまったような充実感があった。

もっと聞きたい。

聞かせて欲しい。もっと薊に叫ばせたい、私の舌で溶かしてしまいたい。私は、加減を知らない子どもの執拗さで吸いついた。むしゃぶり、歯を立て、胸ごと揺すって口内の粘

膜で擦った――。

「…………あ」

しばらくして、我に返った。

「ご、ごめん、薊……！」

くノ一が、さめざめと泣いていた。両眼から静かに涙を流し、右手の中指を噛んで叫び声を殺していた。私は慌てて口を離し、胸からも手を離して震える頭を抱きかかえた。

「私……私、その、加減がわからなくて……」

「…………はい……だ……だいじょうぶです……」ぎこちなく微笑んで、「ただ……少し休ませてください…………こんなふうになったのは……初めてなので……」

私はいったん薊のうえから降り、思いたって電気を消した。炎の灯りだけにして、薊の隣に寝そべった。

「…………」

メリハリの利いた薊の裸身が、炎の揺らぎに合わせて光と陰を切りかえる。雪白の肌が炎の赤を吸って、いかにも優しげに輝いている。美しくて、艶めかしくて、私はため息をついてしまった。空咳をしてごまかしていると、

「少し換気をしましょう……」

暖炉の煙を吸ったと誤解したらしく、薊が立ちあがって窓に向かった。私の前で黒髪の

滝が流れて、褌の食いこんだお尻を隠した。ドア兼窓が少し開けられると、カーテンの隙間から蒼い光が差しこんできた。

「……せっかくだから、ばーんと開けてみない？」

薊はあたりをうかがうような素振りを見せてから、カーテンを開けた。夜空を背にして、振り向いた。

星明かりが薊の裸身を包みこみ、淡い燐光を灯させる。髪も肌も蒼く染まり、ただ瞳だけが元の色を守り抜いている。そのまま放っておいたら、夜空に溶けこんでしまいそうだ。思わずかぐや姫を連想させられた。

私は駆け寄って正面から抱きしめた。その場で膝をつき、眼前のおヘソにキスしてタテ長のくぼみを舐めた。薊が身を震わせて、肩をつかんでくる。私は魅入られたように、ほんのりと匂う股間に手を差しむけた。

再び熱っぽくなった内腿を撫で、食いこまれている部分に触れる。薊は割とふくよかしく、黒い前布がそこの量感をむりゅっ、とはみ出させていた。割れ目のあたりに中指をあてて、軽く押しこむ。ぐっちょり濡れていて、指の谷間がすぐにヌルついた。

「…………ん……ッ……」

子どもの頬めいた弾力の狭間に、繊細な柔らかさがある。初めて触れる他人のそれは、私にはとても可憐なものに感じられた。先ほどの失態はくり返すまい、と言い聞かせて、愛らしい感触を擦った。じょじょに指を沈みこませて、柔らかな部分を広げた。

「……あの、薊……これでいい……のかな？　気持ちいい？」

「あ……はい、姫さま。気持ちいいです……」

見ると股布は女性の部分にめりこんで、まわりの形までくっきりと浮かびあがらせている。裂け目の頂きあたりには、ちょっと出っ張っているものがある。私は溝を限界まで掻きあげて、最後に尖りを突いてみた。

「……ひうっ！」

こちらのほうが効くらしい。薊が途端に内股になり、腰をくねくね踊らせ始める。私のつむじめがけて、熱い吐息を降らせてくる。

「……薊」唾を飲んで、「私、見たい……私も、薊を知りたい……」

「はい、姫さま……」子どもみたいに頷いて、最後の一枚を解いた。少しのあいだ前垂れみたいにしてためらっていたけれど、意を決したように膝を開き、生まれたままの姿をさらけ出した。「あの……強く締めつけるものを着たりしますので……」

薊は陰毛を剃り落とし、あそこのまるみや性器の綻びぐあいをあますところなく見せていた。何の翳りもないそれは、いやらしさより可愛らしさのほうが強かった。赤ちゃんの手を思わず握りしめてしまうように、私はそこに口づけていた。

「…………ぅあ」と、薊。「姫さまの吐息が……く、唇が……」

間近に見ると、あそこの地肌はさすがに、ほんの少し赤らんでいる。かすかなグラデーションの中央に、真っ赤なスリットが走っている。薊のそれは本当に細く、短かった。体格ではなく性格に合わせたかのように、慎ましかった。

「これが……この可愛らしいのが薊なのね……」

薊の顔が、耳たぶまで真っ赤になる。

「……ステキ」

「………………あ……」

「可愛い……キレイ……」

褒め言葉を連発したら、薊がぶるっ、と震えて新たなおツユを湧きださせてきた。舌を伸ばして舐めとると、またあふれてきた。私は薊のお尻をつかみ、あそこに顔を密着させた。緋冴さんの真似をして舌をタテに折りたたみ、粘膜の奥に突きさした。

「……あああっ！」

無数の襞が舌を締めつけ、心地よく痺れさせてくる。正真正銘、薊のなかに触れている、薊とひとつに繋がっている。生理と心理の両面から、私はうっとりさせられた。さらには内腿に挟まれて息苦しくさせられ、ますます恍惚としてきた。

おツユに濡れた顔を離し、上目遣いで薊の様子をうかがう。怜悧な仮面が取れて、泣き虫の地がほの見えている。私は勇気づけるような気持ちで、クリトリスに吸いついた。茹でられたように熱いそれを、舌先で弾きあげた。

「あ……ッ…………！」

薊が勢いよく頭を反らし、背筋をS字にくねらせた。胸を上下に弾ませ、髪を鳥の羽ばたきみたいに広げさせた。女性にしか描きだせない曲線は、どれも蒼いハレーション付きで、この世のものとは思えない美しさだった。私がこの美を顕現させたのだと思うと、誇らしくてたまらなかった。

「…………ッ……ッあ……あ、ああ……あああ……」しばらくそのままで震えて、「ありがとう……ございました……い、イカせていただきました……」

しゃがみこみ、私の口やあごを舐めてキレイにしてくれた。

「……冷えてきましたので、暖炉のそばに戻りましょうか」

二人でまた、虎縞のうえに寝そべった。ソックスも脱ぎ、すっぽんぽんで腹這いになった。肩を並べて炎を見ながら、他愛もないお喋りをした。好きな食べ物、最近読んだ本、イヌとネコのどちらが好き？　私はくノ一の秘術や歴史について尋ね、薊は私の母について訊きたがった。

「……そうね、少し変わった考え方をする人だった。独自ルールで動く、と言えばいいのかな……『お願いの法則』とか、いろいろ教えてもらったわ」

喋りながらときどき、薊の裸身に目をやった。押し潰された胸と格好よく盛りあがった

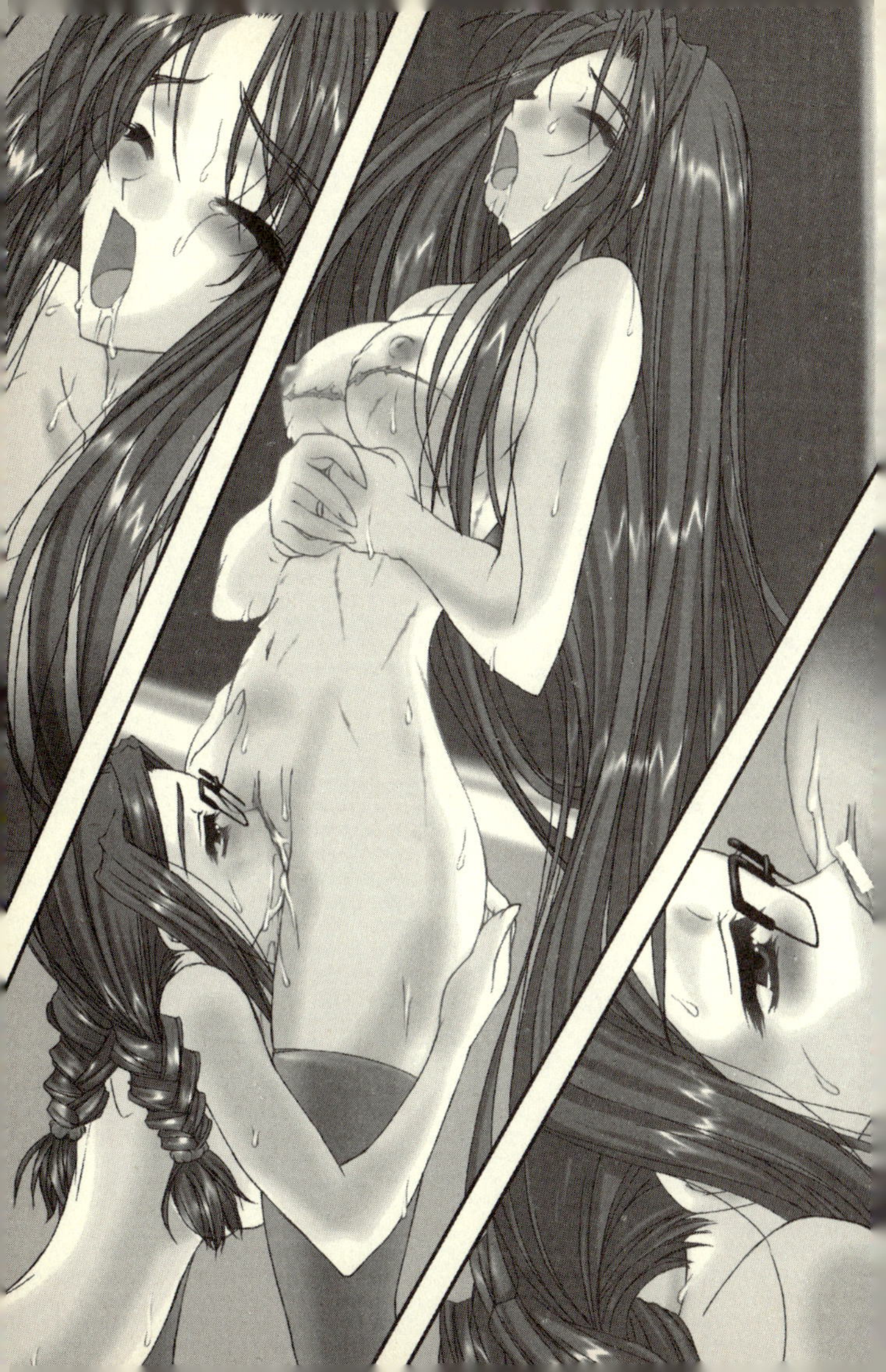

お尻は魅力的で、何度も手を伸ばしそうになった。

（……うーん……私って、真性さんだったのかしら……）

代わりに、お酒を飲んだ。「もう一杯だけ」の呪文をくり返し唱えて、いつの間にか眠りについていた。


窓から斜めに陽が差している。冬の朝はダイナミックで、みるみるうちに明るくなる。光が暗がりを追いたてて、床いちめんをてからせてくれる。

私はうとうと状態を切りあげ、むっくりと頭を起こした。まだアルコールが残っているらしく、少しクラクラきた。横座りの姿勢になったとき、制服の上着をかけられていたことに気づいた。

「……おはようございます、姫さま。これをどうぞ」

気配り上手のくノ一が、ミネラルウォーターを差しだしてくれた。

「あ、ありが……」

薊も私と同様、ジャケット一枚だった。

制服に袖を通していながら、胸の谷間もおヘソのくぼみもすべて剥きだし、それどころか、足の切れこみや無毛のあそこも見えている。とってつけたようなフォーマル部が隠し味になって、女体のまるみを強調している。

「……薊」袖をつかんで、引き寄せた。「また、触れたくなっちゃった……」

薊は少し恥じらってから、私の愛撫に身を開いてくれた。

おたがい飽きるまで身体を重ねて、疲れたら眠る。休みなのをいいことに、夜になるまでそうしていた。薊にするのもされるのも、つねに新しい感動があった。時間経過が本当に早く感じられた――。

頬杖をついて薊の横に寝そべった。

艶やかな黒髪を撫でながら昨晩の、いや、今朝の、いやいや、お昼の――とにかく、ほぼ半日間の「伽」を振り返る。

中盤からはもっぱら、私のほうが愛撫する側だった。自分の手や指、ちょっとしたタッチで誰かが乱れてくれる。日常ではまず見せない顔を、ほかの人には絶対聞かせない声を見聞きさせてくれる。

それは、とても「特別」な感じがした。私の魂にとり憑いて離れなかった寂しさを、キレイさっぱり忘れさせてくれた。

母に、この印籠に感謝しなきゃ。

ころり、と半転。薊に背を向けて上着から桜の紋所を取りだす。掌で転がしているうちに、ふと継ぎ目が緩んで隙間ができた。

桜の匂いがむっ、と流れてきた。

おそらくポプリみたいなモノが詰まっているのだろう。母が死んだ年に新しく詰めていたとしても、だいぶ経っている。手入れしたほうがいいかもしれない。

私は身を起こした。カレー皿の乗ったトレーを引き寄せて、すべての中身を開けてみた。

なかには予想どおりのものと、ていねいに折りたたまれた紙切れが詰まっていた。

私はそれを開いてみた――。


月曜日。私はふつうに席に着いた。

あとで聞いた話によると、一悶着あったクラスメイトは綾子がなだめてくれたらしい。

私、薊、綾子の三人は、なんとなくグループになった。薊がボケで、私がツッコミで、綾子が天然。まあ、極めて安定性の高い構造だ。

学園はいまや、ヴァレンタイン一色に染まっている。

薊はファンの娘たちから、「ゴディバ？　ジャンバティ？　コートダジュール？」「ビターとスイートどっちが好き？」などと質問責めにされ、目を白黒させていた。「洋酒もだいじょうぶですよね？」と尋ねられて絶句しているのを見たときは、大笑いしてしまった。

綾子が「美由樹さんは笑顔のほうがいいよ」と恥ずかしいセリフを言った。

三人で勉強したり、薊と添い寝したり、緋冴さんたちと戯れたり。私の毎日は、以前と比べモノにならないほど明るくて、楽しくて、待ち遠しいものになった。気がつけば、

「いまは将来への投資である」という金科玉条を忘れていた。

そして、ついに十四日。

薊は寮にいるときから呼びだされ、登校して下足箱を開けたらチョコレートの雪崩れに呑まれて校門まで押し戻され——というのは冗談だけれど、休み時間のたびにリボンつきのプレゼントをどっさり渡され、そのたびに爆発物や毒物ではないかと警戒し、さらには女の子たちの潤んだ瞳に見つめられて動けなくなり、昼休みにはバッティングした娘たちに目の前で大乱闘をくり広げられ、とばっちりで生活指導室に呼ばれて教師の説教を喰らい、放課後になったときはさすがに、青色吐息になっていた。

「……お疲れね」

「はい……い、いえ、だいじょうぶです」

「ムリしないでいいわよ……甘いモノでも食べてエネルギー補給しようか？」

私は、薊と綾子を近くのファミリーレストランに誘った。いまの薊は腐るほど「甘いモノ」を持っているけれど、そのような細かいことを気にしてはいけない。

もちろん、私もヴァレンタインなんて気にはしていない。ただ、レストランのほうでそれにかこつけたメニューを用意しているとしたら、それはまあ、仕方がない。

「はっ。ご一緒させていただきます」と、薊。

「………あらー」と、綾子。「いい、薊さん？　美由樹さんに黒っぽいデザートをおねだりするのよ？　わかった？　できるだけ黒いヤツだからね？」

「べ、べつにチョコレート以外のものだっていいわよ！」

真っ赤な顔の私と、困惑ぎみの薊と、ニマニマ笑いの綾子。三人で階段を降りた。

靴を履きかえながら校門を見ると、いつもとちがう景色が飛びこんでくる。色とりどりのスーツ姿が、手持ちぶさたぎみに並んでいる。

「そうか、今日は特別だもんねー」のほほん、と綾子。

「警戒レベルを二段階アップ。気を引きしめるように」と、薊。

「………誰に言っているのよ、誰に」

私はため息をつきながら、毎年の風物詩を見やった。

此花はお嬢様校だから、校門前に男性がたむろしていれば速攻で通報される。でも、今日はお目こぼしされるのだ。寮暮らしで家に帰れない女生徒たちが、親族や許嫁たちにチョコを手渡しするためだった。宅配便で送ればいいだろうと思うが、やはり直に渡したいし、もらいたいものらしい。

私たちが一般道に出た瞬間、一〇メートル先のベンツからダークスーツの男性が降りてきた。手にしたタバコから一本抜きとってくわえ、ライターを探してジャケットのあちこちを触り、やがて思いついたように内ポケットに手を潜らせ、鈍く光る拳銃を取りだした。

え。

拳銃——？

「……姫さまっ！」

薊が私の前に飛びだしてくるのと、なんだか迫力のない爆発音がしたのとは、ほぼ同時だった。薊の巨体が殴り倒されたかのように吹っ飛び、私に覆いかぶさってきた。

「…………………あ……………あ、薊っ！」

狙撃を目の当たりにした驚きより、自分がホントに狙われた恐れより、薊の安否が気にかかった。傷を見たくて陰から出ようとする私を、薊は後ろ手に押さえつけて、

「……逃すな、菖蒲っ！」

え？

「御意！」

私と同じ学業特待生、現国・古文が得意な典型的文学少女、予想される将来像は「絵本の読みきかせが上手と評判のお母さん」、思わずクシャクシャにしたくなる巻き髪と、美しくはないが愛嬌のある顔をしていた同級生——折笠綾子はいきなり、スカートを捲りあげた。ほっそりとした内腿には、薊と同じクナイが数十本巻きつけられていた。

綾子は早撃ちガンマンの趣で抜きとると、両手で十字を切るように投げつけた。クナイは見事ベンツの後輪に突きささり、ダークスーツの男がクルマを捨てて逃げだした。

「ホタル、目と舌だけは残せ！　ほかは無制限！」

「………んッ！」

ホタルちゃんがどこからともなく、秋田犬の背に乗って現れる。引きつれていた一〇匹のイヌたちが、いっせいに男のあとを追う。

私は呆然として、立ちすくんでいた。

やがて薊が胸の谷間を押さえ、呻きながら片膝をついた。私がハッとしてしゃがみこむより、綾子のほうが早かった。手早く薊のジャケットを脱がし、ワイシャツを剥ぐ。白い肌が現れるかと思いきや、灰色の板みたいなものが現れた。

「だいじょうぶです、お頭様。貫通してはおりません」

「………」

あたりのざわめきを押し流すように、緋冴さんの黒塗りベンツが現れる。薊と綾子は私の手を引いて、後部座席に乗りこんだ。緋冴さんは戸が閉まるのを待たずにクルマを出し、そのまま一気に加速した。

「……やはり、今日でしたなァ。これで後ろも炙りだせますやろ」

「そう……ですね……」

薊は防弾チョッキのようなモノを脱ぎ、綾子に胸を見せている。私は銃弾が埋まったままのそれを持ちあげようとして、ビクともさせられずに諦めた。いまになって理解する。

放課後の薊が青い顔をしていたのは、これを着て過ごしていたからなのだ――。

「先ほど、大殿サマから連絡ありました……」緋冴さんの声は、どことなく暗かった。そういえば、私のほうを見てくれない。「お連れせよ、とのことどす。善は早いうちに、と」

「……いまから、ですか？」

薊は、珍しく狼狽えた。緋冴さんは、無言だった。

会話は、それで途切れてしまった。

いったいどうなっているのだろう？　私は足下がズブズブと沈んでいくような感覚を味わいながら、高速で流れる車窓を眺めていた。

※

大殿さまの本屋敷「桜の間」。僕と美由樹さまは八畳の和室に案内され、お茶と干菓子を供された。僕はいったん退室し、くノ一服に着替えて己の身分を明らかにしてから、姫さまの後ろに控えた。

「…………」

「…………」

何の会話もできなかった。美由樹さまは前髪と眼鏡の陰に表情を隠し、修行僧のように正座されていた。利き茶九段のいれた玉露の香りが、歴史という付加価値たっぷりの部屋を満たしていた。

「………よく来たな、わが孫よ」

本狩野の襖が開けられ、大殿さまがお見えになられた。僕が深々と頭を下げると、姫さまがギュッ、と両手を握りしめられた。

「突然のことで混乱しておるだろうが……」

「はい、もちろんしております」出会ったころの硬い声。「私の祖父と名乗られたからには、納得のいくご説明を期待させていただきます」

「……報告通りキツい娘だな。もちろん、説明しよう。君にとっても悪くない話だ」大殿さまは茶をお召しになられて、「儂は明智慎太郎《あけちしんたろう》。御桜《みさくら》フィナンシャルの会長だ」

「旧六大の一角、芙蓉の雌蘂……いまは半アーバン＝バンクですね？」

「………賢しら口も遺伝するようだな」眼光を強められて、「君の母親、吉乃は儂の娘だ。本来なら儂が用意した許嫁と添うはずだったのだが、どこの馬の骨ともわからぬ男と勝手にできおってな。さらには、側仕させていたくノ一の手を借りて出奔……子どもまで宿しおった」

姫さまの視線がスッ、と僕を過ぎった。

「温厚な儂も、さすがにあれを勘当したよ……あれは男に対して従順になる、という点さえ身につければ、最高の幸せを手にできただろうに……」

「それはとても残念でしたね」

「……ともかく、儂は後継者作りでやり直しを強いられた。いろいろ試したが、血と能の釣りあいを取るのはなかなか難しいものでな」

「心中、お察しいたします」

「…………やっと上手くできそうなのが美由樹、君と従兄弟に妻《めあ》わせることだ」

どうやら予期していたらしく、姫さまは特に驚かれなかった。

「私の半分は、どこかの馬の骨からできておりますが？」

「君の婿は、髪の毛にいたるまでサラブレッドだ」大殿さまは血の四則算を披露されて、

「君は社会的成功、玉の輿を狙っていたのだろう？　これ以上ないチャンスだと思うが」

「私は庶民として……それも下層の庶民として暮らしてきました。あなた……お祖父様が望まれるようなふるまいは、たぶんできませんよ？」

「そんなものは必要ない」大殿さまはお笑いになられた。「家事も、家計も、家政も専門家を用意している……君の愛らしい性格に合わせてハッキリ言わせてもらうが、君に望まれるのは子宮と膣だけだよ。これればかりは、ほかの女とは変えられないのでな」

「…………」

「子を成すこと。閨房において夫を楽しませること。この二つさえ務めあげてくれれば、ほかにはなにも要求せんよ」

「そう言っていただけると、とても心安まるのですが……」美由樹さまの口調は、このう

えなく鋭かった。「私はべつに、男性を悦ばせる……よう……な……」

いきなり口調が乱れて、呂律が妖しくなる。唇がぶるぶる震えだし、顔色を変えられる。それを実に楽しそうに見やりながら、大殿さまが僕を見、決定的な一言を漏らされた。

「…………なかなか心地よい訓練だっただろう？」

姫さまが、全身を硬直させた。僕は黙って頭を下げ、頭皮から脂汗を垂らしていた。撃たれた痕よりも、もっと深いところが重苦しかった。熱いような痛いような、初めて味わう苦しさだった。

「……そう……か、そうだったんだ……」

なにもかも抜け落ちたような声だった。耳を塞ぎたかったが、耐えた。これを聞くのは、僕の義務だと思った。

「……そうよね……印籠なんて……ウソみたいな話だものね……そっか、あまりにもウソだったから、かえって疑い抜くのをやめていたわ……」

それが人を巻きこむさいの秘訣だよ。大殿さまが笑われる。なるほど、とても勉強になりました。美由樹さまも笑われた。寒々しい談笑を続けられたあとで、すべてを知った姫さまはおもむろに、僕に向き直られた。

「……合理的、だったのね？」

僕はなにも答えられなかった。

「さて、この話を受けるかどうか、だ」大殿さまはお腰をあげられた。「君にとっては人生を左右する選択だ。しばらく考えてくれてかまわない……今日の勇み足のおかげで反対派を一網打尽にできるから、もはや危険もないだろう。それでは……」

「お待ちください」姫さまは大殿さまの爪先に膝を合わせた。深々とお辞儀をして、「お受けいたします。よろしくお願いします」

「………たいした玉だな」

「明日から、こちらで住まわせていただいてもよろしいでしょうか？」

「かまわない」

「此花女学園では騒ぎになっていると思います。転校の手配をお願いします」

「引きうけよう」

「では、今晩じゅうに身のまわりのモノを片づけます……」僕をチラッと見られた。「もう一晩だけ、くノ一たちをお借りしてもよろしいですか？」

大殿さまは、これも許可なされた。美由樹さまは立たれ、無言で「付いてこい」と命令された。僕は処刑場に引かれる咎人の気分で、そのあとを追った。

もう日は暮れていた。

冷たくなった夜風は、鋭さだけでなく湿り気も含んでいた。空は厚い雲に覆われて、いまにもどろりとこぼれてきそうだ。たぶん、夜半ごろには雪が降るだろう。

帰りのクルマには、ホタルも乗っていた。緋冴も、ホタルも喋らなかった。姫さまは途中で二四時間営業の家電屋に寄らせ、電動歯ブラシを買われた。学園の裏口に着くと、

「……二時間で戻ってくるから」

それだけ言って降りられた。ホタルが窓から顔を出し、泣きそうな顔でその背を見つめたけれど、姫さまは結局、一度も振り返られなかった。

僕たちは、寮の窓から自室に戻った。

「………………蒴」ジャケットとスカートを脱ぎ、リボンを外された。「最後の伽を……心地よい訓練をしましょ？」

美由樹さまが着ていたのは、あの下着、緋冴が用意したものだった。

「………………はい」

僕は黙って、忍服を脱いだ。籠手や臑当を外そうとすると、

「そのままでいいわ」と、冷たい声。「……べつに必要ないから」

つまり、抱きあったりなさらない、ということだ。いつもは、ベッドに入るとふだんの態度を一変させて、闇を怖がる子どものようにしがみついてこられるのに——。

「……始めるまえに」

姫さまは、ベッドクロークから小箱を取りだされた。なかには小さな瓶、ポンプボトル、電動歯ブラシ、そしてバイブブレイターが入っていた。

「飲んで」

手渡されたのは、見覚えのある瓶だった。

「ホタルちゃ……ホタルから、分けてもらったの。安心して、あまり酩酊せずにすむよう調合してあるそうだから。そのぶん……」言いよどみ、「……もし、私がずっとあなた方の訓練を拒んでいたなら……これを使うつもりだったのでしょう?」

「………」

拒否できなかった。必ず落ちるとわかっていながら綱渡りする気分で、僕はそれを飲みほした。煮詰めたハチミツのような液体が喉を滑り落ちて、胃のなかで燃え始める。媚成分が効果を発揮するまで、二人とも所在なげに立っていた。

姫さまがふと、なにかに気づいたようにカーテンを開ける。

思っていたとおり、外は雪だった。大きめの牡丹雪が、視線を遮る勢いで降っている。地面には早くも水たまりならぬ雪たまりができている。明日は、街のいたるところにダルマやウサギが並ぶだろう。

「………はぁ」

僕は体内の火照りに負け、濡れた吐息をこぼした。雪景色を見ているうちに薬が行きわたったらしく、早くも汗まみれになっていた。

「……そのまま……足は肩幅ていどに……手は頭の後ろで組んで……肘を開いて……胸を

張って……」

姫さまは僕の内腿に手を伸ばしてクナイを抜きとられると、サラシの裾に差しこまれた。僕の相棒は黒布をたやすく切りさいて、双乳を解きはなった。

「……ん……ッ……」

まろび出ただけで、乳房の芯に甘痒さが走った。ぶるぶる震える双娘《ふたご》は、通常よりもふたまわり近く膨張し、真っ赤に色づいて静脈を浮かせていた。ホタルの忍薬は、忌々しいくらい効果てき面だった。

「そのポーズを崩さないで」ポンプボトルを持たれて、「緋冴からもらったものよ……これにも、そういう成分が含まれていたのね」

僕の喉めがけて勢いよく飛ばされた。無色透明なローションは、粘稠度を見せつけながら流れ、鎖骨から双乳を覆ったものの乳頭までは届かず、大部分は谷間を雪崩れ落ちていった。姫さまはそれをすくい取り、胸の尖端めがけて垂らされた。

「……ッあ……ふ、ぅあ……あ……」

ぬるぬる感にかすめられただけで、腰の裏から力が抜けた。

「ポーズを崩さないで、と言ったはずよ」

姫さまから叱咤されて、奥歯を噛みしめる。膝を震わせながら背筋を伸ばす。ローションの成分が毛穴に染みこみ、トウガラシを舐めたときのような痺れを味わわせてくる。内臓からも皮膚からも性感を刺激されて、挟みうちにされた脂肉がふつふつと煮えたぎる。脂の塊であるふくらみなど、アイスクリームのように蕩け落ちてしまいそうだ。

美由樹さまは自分の掌にもローションを塗り広げられると、真正面から双乳を鷲づかみにされてきた。

「………あッ……！　……う……ンぅ……うぅ……」

かなりの力だった。しかし、いつもより張りを増し、ローションの皮膜でぬめっている双乳には、ちょうどいい荒々しさだった。テクニックもなにもない、ただガムシャラな捏ねまわし。心の嵐を表しているようで、僕は少しも受け流せず、みるみる追いつめられていた。さらに言えば、僕自身が気持ちよさを求めていた。姫さまに対する罪悪感から目を逸らしたがっていた。

「……気持ちいい？」

美由樹さまが、爪を食いこませてきた。

「………ッ！　は……はい……」

あと少しで痛みに振りきれる激しさが、蕩けきっている神経には絶妙の香辛料になる。腋窩や首がどっと汗ばみ、自分でも自らの発情臭を嗅げるようになる。

「そう……そのときが来たら、私を喜ばせるようなことを言ってね？」

五本指を鉤状にまげ、乳房をもぎとろうとしているように握りしめられる。両手を振られると、掌のくぼみにハマッていた乳頭が面白いように転がされ、のたうちまわされた。溜めこまれていた官能が、一気に爆発した。

「ポーズを崩さないで！」

「あ……ッ…………！」

僕は唇を震わせながら、なんとか胸を反らす。あごをあげる。

「……その調子、その調子」

姫さまは歌うように言って、左乳に顔を寄せられた。右では先ほどの愛撫を続けつつ左の乳首を舐めあげた。

「…………ッ！」

乳首の根が音を立てて締まり、全身めがけて白い痺れをほとばしらせてくる。それは首筋を伝い、頭のてっぺんから抜けていく。通過点にあたる眉間から額の裏側あたりが一瞬、白く蒸発した。

「このまま優しく吸ってあげたかったけれど……」手と顔を離し、涙でぼやけた僕の視界に電動歯ブラシを突きつけられる。両手に握りしめたまま背後に回られて、「こちらのほうが、訓練になりそうだから」

スイッチを入れられた。聞いているだけでこそばゆくなる振動が、汗ばむ脇腹に押しあてられた。この日常家電が、これほど強力な性具になるとは思ってもいなかった。美由樹さまは僕の呻きを無視して腹部をさかのぼらせ、双乳の付け根を執拗に擦られた。

「……うあ、あああ……あああ、あっ、く！　くぅあ……ああああ！」

振動というより、ジェル状の生き物みたいだった。這いまわった地に染みこみ、土壌じたいをドロドロに変える。張りめぐらされた神経を快楽の増幅回路に仕立てあげ、ちょっとした刺激でも脳を酔わせる毒酒にする。

内腿が痙攣し始めたのを見取られると、姫さまは歯ブラシをいったん離して、

「肘を下げたら許さないからね……」

左右の乳首に押しあてられた。

「……きひぃっ！」

傷のせいで俯きがちな乳首の下っ腹に、ローションを吸った繊毛が潜りこんでくる。充血した粘膜を削り落とそうとするかのように摩擦し、振動を塗りつけてくる。

「ひーっ！」

二つの小さな突起が、いまは全神経を乗っ取っていた。まるで背骨の突起を直接磨かれているようだった。理性や気力といったものをヤスリがけされているのが、生理的に実感できた。僕はたちまち圧倒されて、つい両腕をおろしかけた。

「……ポーズ！」

鞭打ちに似た叱咤を受けて、必死で肘を掲げる。ムリに緊張感を搾りだしているためか、

こめかみの奥でなにかがグルグル渦巻いている。

「ひいいっ、ひーっ！」乳首が甘痒さのあまり、金属みたいに軋みだす。それは乳暈にも伝わり、厚ぼったくなった粘膜はいまにも割れそうになる。「姫さまっ、姫さまお許しください……あ、蓟……蓟……ッ……！」

「イキそうなの？　どうぞ、イッてもいいわよ……ポーズさえ崩さなければね」

「ひう、ううう……くうぅ、うはぁっ？　だめ……ひいっ、だめだめ……」

もう背筋のくねりを止められなかった。姫さまはさらに歯ブラシを食いこませ、僕がどれだけ暴れても狙いを外さぬよう、乳房ごと押さえつけてこられた。「逃げられない」という絶望感が、溜まりに溜まっていた快感にどす黒い火をつけた。

「……ふひぃ、ひいいぃ……あーっ！」

背を反らそうとして、背後の姫さまに押さえられる。立ったまま足の指を丸めかけているのに気づき、ムリやり伸ばす。あちこち気遣いが必要な、まったく爽快感のない絶頂だった。痙攣が止まっても昂ぶりは鎮まらず、むしろ、やるせなさだけが残される。しかも歯ブラシは押しあてられたままなのだから、ひたひたと第二波が押し寄せてくる。

「……姫さま……！　……もう……もうやめてくださ……ッ……！」

いまや乳首や乳暈どころか、乳房ぜんたいがビリビリと痺れていた。自分の一部というより、快楽を吐きだすべつの生き物と化していた。

「……喜ばせる言葉を聞いていないわ」

美由樹さまが歯ブラシを項点に移動させ、乳首をすっぽり包むように押しつけられてきた。絶頂の引き金と化してしまった器官は、全方位から磨かれてなけなしの忍耐心さえ掃き飛ばされ、あっという間に発火した。

「…………ック！」

身体の芯を走り抜ける衝撃に耐えられず、喉を反らす。股関節から力が抜けて頽れそうになったが、姫さまが支えてくれた。

「聞こえないわ……お手本なんだから、もっとハッキリ言ってくれないと」

機械は疲れたり、飽きたりしない。遠慮も、容赦もない。ただひたすら、マヌケな音を立てて性感を掻きむしる。ヌルつきながらもザラつく触感を塗りつけて、僕の正気を溶かしてくる。先ほど達したばかりなのに、また二カ所から燃えあがる。

「くぅ、ううう……い……イク……」

ガクガクと膝が震える。砕かんばかり奥歯を噛みしめ、こめかみのあたりを息ませる。それでも姫さまは許してくれず、乳首に快感を叫ばせる。双乳のなかで増幅された衝撃が、脳と子宮を襲ってくる。

「……ひいっ、い、イク……ック……ぅうああっ、許してくださいっ！　もう、もう乳首はやめ…………くはぁっ？」

身を縮めて懇願していると、腋のしたに異様な心地よさを感じた。

「……肘。下げるな、と言ったわよ」

姫さまが鼻先を突っこみ、汗まみれのそこを舐めあげられていた。

「はあああっ？　ああっ、だめえっ！」勢いよく腕をおろしかけて、したからの視線に射竦められる。眼鏡の奥は怒りの形に吊りあがっていながら、いまにもこぼれそうに潤んでいる。「……っうあ、ああっ、わかりま……ああああっ！」

美由樹さまが舌を伸ばし、腋窩のくぼみをほじくられる。くすぐりと掃除の中間にあたる力強さで、つまりはもっとも性感を刺激するタッチで、自らさらけ出している勘所を責められる。胸からの刺激だけでも耐えられないのに、このような狙い撃ちをされてはひとたまりもなかった。

「あひぃっ、イク！　……イクイクッ！　……うああ、だめです、だめえーっ！」

僕は何度も卑語を叫び、さめざめと泣きながら、屈伏ポーズをくねらせた。初めて本格的に愛されたときと同じ展開だったけれど、いまのこれは痛かった。絶頂まで翔ばされるけれど、でも痛かった。

「……そんなふうに叫べば、喜んでもらえるのよね」

やっと歯ブラシが離された。窓の外は、一面の雪になっていた。

姫さまが前に回りこみ、「腕をおろしていい」とおっしゃられた。クナイで褌の腰帯を切りさき、茹であがったばかりのような女性器を露わにする。褌の股布部分はグショ濡れで、搾ったらコップ一杯ぶんぐらい溜まりそうだった。

「自分で持ちなさい……」まだ微痙攣している両手にそれぞれ電動歯ブラシを握らせて、「そして、自分で……ここを挟んで」

姫さまの指がひっかいたのは、真っ赤に充血した雛先だった。

「…………そ……んな……ムリです……」

何度もイッたせいで、いまの僕は信じられないくらい性の回路が緩んでいる。そんな状態でクリトリスを二本責めしたら、いったいどうなるか。

「……訓練でしょ？」

姫さまの声には、何の揺らぎもなかった。

この方の口から凍りついた声が流れだしたのは、我々のせいだ。くノ一としては本来の主命に仕えていただけで、なんら咎められるものではないけれど——。

「…………」両手を股間に向かわせた。濡れ光る突起を挟んだ。「…………ッ！」

ブラシの毛先に触れただけで、思いきり目をつぶってしまう。剥きだしの神経を擦りあわせているような、金気の強い刺激がほとばしってくる。

「……スイッチいれて」

固く閉ざしていた瞼を開いた。早くも滲みだした涙のせいで、美由樹さまの顔はうかがい知れなかった。

「早く……！」

痺れを切らしたように、僕の手を取られてスイッチ＝オン。二本のブラシが激しく振動して、快感神経の塊をこれでもかと磨きあげてきた。

「ひ……きぃっ！」

ビリビリとした刺激が、頭のてっぺんを突き抜ける。今度は全神経がクリトリスを起点とした樹形図に組みかえられ、白すぎる稲妻を流してくる。

「きゃひぃっ、くる！　……うそ、だめっ、くる！　くる、くる……い……ッ！」

あっという間だった。情緒もなにもない反射運動のような素っ気なさで、僕は宙に翔ばされていた。

「立ってなさい！」腰を落とした僕を叱りつけて、「そのまま立っているの……ポニーテールを床につけたら許さないからね」

僕は絶望的な呻きを漏らした。口の端から涎が垂れた。かまわずに踏んばった。内腿がブルブル、と生まれたてのウサギみたいに震えている。腰の裏が痛痒く感じられる。首のあたりが獰猛に熱い。

「……ッ……くぁ、ああ、あああ！　ま、またキた……き……ック……はあああ！」

次々と玉の汗が浮かび、震える肌を滴り落ちていく。いまは自らの汗に舐められる感触すら、耐えがたい負荷だった。まるで口のなかでアルミ箔を噛んでいるようだ。しかも不快なはずのそれが、気持ちよく感じられてしまう。

「ほら、もっとイッてよ……」ぽつり、と呟かれて、「狂ってみせてよ……」

僕の両乳首を捻りあげられた。

「いやぁっ！　や、やめてくださ……やめてぇっ！」

「いやよ……これは伽なんでしょ？　訓練なんでしょう？」

姫さまは乳首を摘みにして、双乳を上下に振られた。僕のそれはゴムじかけの玩具みたいにうねり、自らの重みで乳首を引っぱった。

「……きひいいいいいっ！」

ひとたまりもなかった。僕は舌を突きだし、涎を振りまきながら達していた。たぶん見るもぶざまになっているだろう僕の顔を見つめながら、美由樹さまは双乳を揺すぶられる。肉塊がのたうちまわる卑猥な音を奏でさせる。

「ひいっ、イクッ！　イクッ、イクゥッ！　……い、イッちゃう、狂っちゃう！」

どこが雛先で、どこが乳首なのか。どれが快楽で、どれが苦痛なのか。僕はすでに、判別できなくなっていた。ただ稲妻に蹴られて筋肉を伸び縮みさせ、口や秘裂や毛穴を開け閉めしていた。

「かまわないわ、狂いなさいよ！　……いっそ、あなたが……」

姫さまは途中でやめて、双乳に最大級の振幅を命じられた。乳首と雛先、三つの急所が地獄の三角形を作り、僕を未踏の高みに蹴りあげた。

「……イックううぅッ！」

ついに足腰から力が抜けた。僕はその場に崩れ落ち、両踵のあいだに尻たぶを落としていた。電動歯ブラシを放りだして、前のめりに倒れかけたところを支える。肩と膝がいまにも外れてしまいそうなくらい震えている。

「立ってなさい、って言ったのに……」僕の断末魔よりも先に乳首を離した姫さまは、ご愛用のバイブレイターを手にしていた。僕の肩を押してベッドにもたれさせると、「さあ、両手で足首を握って……足を開いて……膝を伸ばして……あなた身体が柔らかいんだから簡単でしょ？　……ちがう、もっと開くの……そう、そうよ」

自ら足首を握ってのＶ字開脚を命じてこられた。

「恥ずかしい？」

「…………」

「目を逸らさないでよ」

幸か不幸か、姫さまの表情はよく見えなかった。

「……本当は、これまで仕込まなきゃいけなかったんでしょ？」バイブの先をヒクヒクしている裂け目に押しあてて、「でもね、私、これの使い方だったら習得済みなの……どういうふうに締めればいいのか、とか、それなりに考えたりもしていたのよ」

　切っ先を埋められた。

「……………はひぃっ！」

「あなたは専門家なんだから、バイブの使い方で私のレベルを推せるでしょ？　……忍者に教わっていたんだもの、訓練の締めくくりには師匠を倒さないとね！」

　残りを一気に突きさし、スイッチを入れられる。奥深くまで埋めると、そのまま押しつけてこられた。それまで吐きだすばかりだった虚ろを満たされて、圧伏感に打ちのめされる。叫び声をあげる間もなく膣奥を掻きまわされ、思わず足首を手放してしまう。

「……だめよ」いったんバイブを置き、僕のV字を書き直させた。「電池が切れるまで握ってなさい」

　僕はもう声も出せず、力なく頷いた。美由樹さまは絶妙の捻りをつけながら、ピンクの凶器を抜き差しされる。とても素人とは思えぬ手さばきだった。媚薬や愛撫のせいもあるとは思うが、僕はたちまち翻弄されて、自他の見境を失わされた。

　五感と生理感のバランスが崩れたらしく、窓の外に見える雪景色が、なぜかやたらとリアルに見える。自分の身体よりも生々しく感じられる。

　たぶん、雪は靴底を隠すくらいには積もっている。白以外の色彩はすべて消され、世界は妙にうそ臭い明るさを帯び始めている。さらに雪は音を吸うから、とても静かだ。自分の心臓の音しか聞こえない――。

「………ほかの……生き方が……あるかもって……」

うそ臭い明るさのなかに、姫さまの泣き声が流れてきた。

「……合理的じゃなくてもいい、って思えたのに……一人じゃない、って……」

その声も、雪に消されていった。しだいにか細くなっていった。

「…………ったのに！」

僕は意識を失った。


私はクルマに乗りこんだ。

助手席のホタルちゃ――ホタルが物言いたげに振り向いてきたけれど、無視した。緋冴は黙って、祖父の家にハンドルを向けた。国道から高速道路に移ったところで、バックミラーと目が合った。

「ウチらの仕事いうんは、こないな欺騙《きへん》ばかりどす。せやから、お姫さん……」

「姫なんて呼ばないで」

「……美由樹サマ。せやから、謝ったりはしません。ただ……」

「なに？」

「……ウチも、ホタルも、あなたと出会えて嬉しかったのは本当です。このままずっと過

ごせれば、と思っとりました……ウチらのお頭も、どす。それだけは……」

私は車窓に頬を押しつけた。前髪を垂らして顔を隠したけれど、ムダな努力だった。

私の目からはとめどなく涙が流れていた。

第四章　籠契《ろうけい》いたします

※

任務が終わった。

百花忍は功により、十九輪薊《ははうえ》の裏切りを許されて、また直参者に引きあげられた。僕たちはやっと、正規兵の栄誉を取り戻したのだ。お仕えすることに、より充実感を覚えられるようになったのである——。

だが、僕は妙に冷めていた。

五感のすべてがガラス越しのように感じられて、ふと気づくと一〇分くらい時間が飛んでいた。しっかりしなければ、と気を引きしめる。

今日の任務は、此花女学園からの完全撤収。髪の毛一本残さぬレベルで、原状回復させねばならない。自分の部屋を終えると隣、美由樹さまの部屋に忍びこんだ。あの晩以降、初めての侵入だった。

「…………」

少なかった私物もすべて持ちさられ、部屋には姫さまを思わせるようなものはなにも残っていなかった。叫びだしたくなるような気持ちを抑えつけて、あたりを見まわした。

机のうえに白い封筒が置かれていた。

『薊へ　久我美由樹』

僕は震えるクナイで封を切り、白い便箋と四枚の小さな紙片を取りだした。

あの晩は、ごめんなさい。

私は母が死んだときと同じくらい動転してしまって……自分でもどうしていいかわからないうちに、あなたを傷つけてしまいました。あなたはただ、自分の務めを果たしただけであって、私が怒りをぶつけるべき相手は、あの祖父だったのに。

ごめんなさい。

もう二度と会うこともないのにこんな手紙を書いたのは、あなたにひとつだけ、どうしても伝えておきたいことがあったからです。

それはあなたのお母様に関わることです。

私はあのコテージで過ごした晩、印籠を開けてしまいました……そのなかから、このようなものを見つけたのです。

安産祈願　吉乃

安産祈願　薊

そう、御守りです。とてもキレイに折りたたんでありました。私の母はかなり不器用でしたから、きっとどちらも「薊さん」が……あなたのお母様が折ってくれたのでしょう。それから、こんなものもありました。

学業成就　吉乃

修業成就　薊

ほかにもたくさんの御守りが入っていましたが、それらはまた印籠に戻しました。残りも欲しい場合は連絡をください。人づてになると思いますが、お渡しします。

さて、あなたは暖炉の前でのおしゃべりを覚えてくれているでしょうか？

私はあのとき、「お願いの法則」なる言葉を口にしたはずです。なにかご大層な印象がありますけれど、要するに、私の母のマイルールです。

『あなたにもし、本当にかなえたいお願いがあるのなら……同じお願いをもっている人と二人で願いなさい。一人のお願いは弱すぎる。三人以上のそれは必ず、誰かの不幸まで呼びこんでしまう。信じあえる二人でするのが、ちょうどいい強さになるのよ』

察してもらえたでしょうか。

私の母が二人で願っていたのなら、もう一人も同じことを願っていたのです。私の母と同じくらい真剣に、心から願っていたのです。

薊、私の言いたいことがわかりますね？

あなたは、お母様から、愛されていたのです。

あなたのお母様はきっと、あなたのように不器用だったのでしょう。あなたをどうやって愛したらいいのか、わからなかったのでしょう。でも確かに、あなたは愛されていたのです。私の母の名にかけて保証します。

自信をもって。

あなたは立派なノ一で、愛されていた娘で、そして私の素敵なパートナーでした。

あなたたちはもう、明智家と関わりを持たずに生きていけるはずです。自分の身内をこう言うのもなんですが、祖父は冷酷な独裁者です。あなた方が忠誠心を捧げるにふさわしい人物とは思えません。早く縁を断って独立することをすすめます。

最後にえらそうなことを書いてしまいました。

お元気で。

付記、緋冴さん、ホタルちゃんにもよろしくお伝えください。

久我美由樹

「…………」

僕はその場に頽れた。便箋を額に押しあてて、目をつむった。

全身が勝手に震え始めた。

「……ッ……は……ふッ……ッ……は……ッ……」

痛い。

「……はッ……はッ、はッ……はッ……！」

こんな痛みは初めてだった、こんな苦しさは耐えられなかった。何度も肩で息をしているうちに、僕はやっと、自分が涙を流していることに気づいた。

「……あの娘……アンタの母親も、同じやったんよ」

いつ忍びこまれたのだろう？

「アンタとお姫さん、あの娘と吉乃サマ……同じような顛末になったんや」緋冴は僕の背後に立って、「そして、あの娘はホンマの誇りを選んだんや」

緋冴の隣には、ホタルも並んでいた。

「いまのアンタなら、ウチが言ったことの意味もわかるやろ？　……あの娘は『くノ一の忠』を枉《ま》げたワケやないし、アンタを捨てたワケでもない……そのことは、お姫さんも教えてくれとるな？」

「……は……はい……」

僕は心の底から泣いた。こんなふうに泣けるなんて思ってもいなかった。緋冴が「溶かしてくれはった」と呟いた。

「……さて、お頭」緋冴とホタルが、僕の前で片膝をついた。「ウチらに命ずることがあるンやないかと思いますが、如何？」

「………」

僕は涙を拭った。便箋をていねいにたたんで、懐にしまった。

「……場所は？」

「帝国ホテル瑞祥の間。結納と……既成事実作りどす……」

僕たちは駆けだした。


夜景だけはキレイだった。

私は壁全面に張られた一枚ガラスから、たぶん二〇万円ぐらいの景色を見やった。最後の快速と思しい長蛇の列車が、だいぶ暗くなった世界を真っ二つに裂いていった。

「………」

私たちは先ほどまで、合理的な笑顔を浮かべつつ合理的なやり取りをすませた。たとえ族内結婚といえども、あるていどの流動は生じるのだ。よのなかの実相をまざまざと学べる夕食会だった。

さて。

これからは、合理かどうかいまいちわからない活動だ。

私の夫となるであろう従兄弟は、三〇代前半の中肉中背、これといって特徴のない美形だった。ひとつの比例式を使いまわすだけで描けそうな、そんな感じに整った顔だ。サンなんとかいうイタリア製のミネラルウォーターしか飲まないそうで、うがいをするにもペットボトル持参だった。

「……そうやって星明かりを浴びている姿も美しいんだけれどね」

この会合にあたって、私は目玉の飛びでそうなドレスを着せられていた。

基本は変形Aライン。ネックを首輪ふう、ブレストを半シースルー、スカート部はフレアを重ねてフロントだけカットしている。髪はほどいて自然に流し、靴は黒のミュール。ほぼ黒一色にして、真珠のネックレスとベルトだけで引きしめる。私の肌色が、三割増しでキレイに見えた。なるほど、女はファッションで化けられるものらしい。

「僕としては、君の本質的な美しさを見せてもらいたいな」

未来の夫殿は、ガウン一枚を羽織っただけでベッドに肘枕をついている。彼の格好と歯の浮くようなセリフで、私は覚悟を決めさせられた。

「…………シャワーを浴びてくるわ」

「いらないよ」きざったらしい物言いに、綻びが生じていた。「言ったろう？　僕は君の本質を見たい……味わいたいのさ。すぐに始めてくれないかな？」

「……ここで？」

「地上50階で部屋は真っ暗、窓を全開にしていたところで外から見えやしないよ……ここは、そういう開放的な気持ちを楽しむ部屋だからね」

「………」

私は合理的に生きなければならない。

「……わかったわ」

私はドレスのポケットから印籠を取りだして、窓辺に置いた。続いてネックレスのホックを外しにかかる。両手を髪のなかに潜らせて、指先の震えを隠した。目をつぶってドレスの襟に手をかけた。

瞼の裏に、薊たちとの「伽」が浮かんだ。

緋冴さんの白い指。薊のうねる黒髪。私の腕のなかで震えていた肩。ホタルちゃんが握りしめていたシャワー。暖炉の揺れる炎。薊の傷痕。薊が達したときの顔。二人で見た湖の夜明け。哀しくなるくらい静かだった雪景色。

（………さよなら）

襟を外して、ゆっくりと前に垂らした――。


ものすごい爆音がして、超硬ガラスが粉々に割れた。

突風が従兄弟の悲鳴を押しやり、部屋のなかに黒と白のカタマリを投げこんできた。カタマリは窓辺の印籠をつかむとタテに二回転し、私の右隣に着地した。

「…………！」

ワンテンポ遅れて、薄桃色の花びらが降ってくる。カタマリは季節外れの桜吹雪を浴びつつ、獣のしなやかさで立ちあがった。

「……お……お」どもって、「遅くなって申し訳ありません、美由樹さま」

従兄弟が恐怖映画のすぐ死ぬ女優みたいに喚き、非常ボタンを押す。シャッターがガラガラと音を立てて滑り落ち、室内が闇に沈み始める。

「あの……その……」

派手な登場を決めたのに、そこから先はてんで駄目だった。

「……薊さん」私は少し自信なげに、「……緋冴さん、ホタルちゃん？」

「はっ」「はい？」「……ん……！」

名前を呼ばれた二人も、シャッターの向こうから顔を出した。大輪のバラめいたウェーブヘアを、銀細工の音色がしそうなおかっぱ髪を、それぞれビル風に舞わせた。私は二人に笑いかけ、薊にピョン、と飛びついた。薊は待っていたように、私をお姫様抱っこしてくれた。

「やってしまいなさい！」

「……御意！」

薊は私を抱えたまま、シャッターの隙間から飛びでた。部屋に取りのこされた従兄弟が、驚愕のあまり目を剥いた。

私たちは星明かりと、冷たい風に迎えられた。浮遊感に舐められた。ドレスが割れんばかりにはためいて、バタバタとやかましかった。私の髪と蒴のポニーテールが、タテにうねっていた。蒴が「ホタルっ！」と叫ぶ。どこにいるのかわからないけれど、ホタルちゃんが口笛を返してくる。蒴の腰あたりに巻きついていた縄がピンと張り、次の瞬間、私と蒴は重力のお誘いを振りきって宙高く引きあげられた。

「……うわっ、わわわ！」

先端のほうでは絡まりあっていた二人の髪が、シャワーのように降ってくる。首を振って払いのけると、冬の澄みきった夜空に迎えられた。星々が輝いて、耳では聞きとれない音楽を奏でていた。沈みかけのプレアデス星団が、指揮者みたいに瞬いていた。私は頭のなかでおうし座を描き、その伝説を連想してクスッ、と笑った——。

「……あらあら、お姫さん……その格好、よう似合ってはりますなァ……」

緋冴さんが、ホタルちゃんを抱いて現れた。月をバックにした登場は、まさに三日月のイスから滑り落ちてきた仙女だった。むっちりとしたお尻はいま、無数の縄のうえにある。縄の先には、カラスの大群が羽ばたいている。

「……ホタル、鳥さんとも、お話できる」

思いきり首を反らして見あげると、私と蒴を吊っているのもカラスたちの黒山だった。

私は一瞬あ然とし、

「あは……ははっ、あはははははは！」

次いでお腹の底から笑ってしまった。こんなにド派手な駆け落ちは、テレビの黄門様だって演出できないだろう。緋冴さんが艶やかに唱和し、ホタルちゃんは笑いながら威張ってみせる。薊もしばらく唇をむずむずさせて、控えめに笑いだす。

私たちは星を見あげ、街を見下ろしながら笑い続けた。

「……さて、姫さま。どちらに参りましょうか？」

「そらァお頭、決まってますー」緋冴さんが肉厚の唇を舐めて、「こんなにかいらしいお姫さんを見せてもろたンやから、ウチらもお返しせなあきまへん……今度はホタルも一緒させていただきますー」

「……う……と……え、と……」と、ホタルちゃん。

「……ええっ？　う、嬉しいといえば嬉しいんだけど……」ああ、私。いったいなにを口走っているのだろう。「そうじゃなくて、わ、私たち逃亡しているんだし……」

「さァ、どこぞのホテルにしけこみますえー」

「ちょ、ちょっとぉ！　私が主人なんじゃ……」

私の声を掻き消すように、カラスたちが鳴いた。

降りた先は「Fly me to the Moon」という名の同伴旅館だった。ごくふつうのラブホテルなのではないかな、と思う。このような施設を利用したのは初めてなので、印象でしかないのだけれど。

室内は割と広かった。オトナが川の字を描けそうなベッドがでん、と置かれていた。緋色のシーツに白い枕、赤白を反転させた日の丸みたいだった。薊が無言で、スツールを差しだしてくる。礼を言って腰かけると、三人は突然正座した。

「………申し訳ございませんでした」

薊の一声に合わせて、頭を下げた。

「………まあ、その……もういいよ……」私は人差し指で頬を掻き、上半身を左右に揺らし、意を決して右手でゲンコツを作った。三つ並んだ後頭部にガン、ゴン、ギンと落として、「……これで、おしまい」

くの一たちがゆっくり、と頭を起こす。薊は神妙な面もちで、緋冴さんはいつもの微笑みで、ホタルちゃんはちょっと涙目。ごめん、手加減はしたんだけれど。

「……ほな、始めましょかー」

言うやいなや、緋冴さんは丸裸になっていた。驚く私をベッドに運び、大きな枕を背にかませて上体を軽く起こしたラクな姿勢で寝かせる。「心の準備が」などと思うまえにドレスの首を外され、緋冴さんの反対側にはホタルちゃんがいた。

「うふふ……赤と黒に挟まれて、お姫さんのお乳ぃ、ホンに艶めかしく見えますわー」

あれよあれよという間に、腰まで脱がされていた。

「……え？　え、え、え？　ええーっ！」

両手で隠そうとして、ホタルちゃんの視線に気づく。

彼女のそれには性愛的な粘っこさがなく、でも無視できないくらい切実だった。

ホタルちゃんが幼少期に家族から引き離されたこと、薊や緋冴さんの胸に憧れていたことを思いだす。あれは、「自分もそうなりたい」と願っていたのではなかったのだ。

「……いいよ」おかっぱ髪に手を回し、そっと抱き寄せた。「好きにしても、いいよ」

ホタルちゃんがおずおずと小さい手を伸ばし、左胸をつかんでくる。ふにふにとおっかなびっくり揉むと、小さな口で先っぽをくわえてきた。

「…………んッ」

舐めたり、吸ったり、と性的なアクションはなかった。ただくわえたまま、私の隣に寝そべっていた。

「快楽」と言いきってしまうには微弱な、でも、「なにも感じていない」というにはもったいない気持ちよさ。「なんとなく満たされた感じ」としか言いようのないものが、胸の先から流れてくる。銀色の頭に回した腕を一周させて、私はホタルちゃんの前髪を掻きわけた。褐色のおでこにキスをした。子ども特有の熱い肌だった。ホタルちゃんはキョトンとして乳首を放し、私の頬にキスを返してまた、吸いついてきた。

トントン、と脇腹を突かれる。

緋冴さんがウインクして、自分の背後を指さした。人差し指の先では、薊がまだ正座していた。いまにも泣きそうな目で、こちらを見あげていた。

「………薊」

呼びかけると、薊は背筋をビクリと震わせた。

「でも、薊は……薊は、姫さまを……」

私が緋冴さんを見やると、心得ていたように印籠を出してくれた。

「……薊っ」私は少し語調を強めて、「この印籠が目に入らぬか」

不器用なくノ一は泣き笑いの顔になった。緋冴さんと同じすばやさで裸になると、ホタルちゃんの正反対に陣取った。肩のあたりにキスをしてから胸の付け根まで舌を這わせ、ホタルちゃんとごっつんこしそうになったところで、乳頭に移ってきた。

「ん、あ……あっ……！」

薊のは愛撫になっていた。左右の胸を同時に吸われる気持ちよさに、私はうっとりと目を閉じてしまった。視覚を閉ざすと乳頭を覆っている口のちがい、動きのちがいがよくわかって、自分が強く求められていると実感できた。薊の後頭部にも手を回し、左右ともに抱きしめた。

「……うふふ、ほんに微笑ましねー……せやけど、汚れてしもたオトナのオンナには、少うし刺激が足りまへんなァ……」

瞼を開けると、緋冴さんが私の踵を抱えていた。肉厚の唇を偽悪的に捻り、右足の親指をくわえてきた。

「……えっ？」そんなことをされるとは思ってもいなかった。「ひ、緋冴さんっ、そんな、きたな………ンくっ！」

さらには、こんなに感じるなんて予想だにしなかった。指のあいだに舌を差しこまれた瞬間、私は下顎を跳ねあげていた。

「……やっぱり、お姫さんってば敏感やなァ。ウチもヤッてて楽しいわァ」

緋冴さんは左右の小指まで残らず吸いつき、八つの谷間で舌をそよがせた。続いてくるぶしを舐めまわし、舌先を出したまま這いあがらせてきた。

足首から臑、臑から膝、膝の裏を少し舐めまわしてから腿。そのころには左右の膝を押し広げて、股のあいだに身を差し入れてきた。ドレス裾のオーヴァル＝カットを上手く使い、捲りあげたりすることなく、私の股間に顔を潜らせた。黒で統一したショーツのうえから、長い舌を押しつけてきた。

「だ、だめえっ！」ドレスごと真っ赤な髪を押さえようとしたけれど、薊とホタルちゃんが障害物になって、ほとんど押し返せない。「ちょっと、ああっ、ひ、緋冴さんちょっと待って、ストップ！　ストップぅ！」

「……どないしました？」

レースの盛りあがりが尋ねてくる。

「そ、その…………さ、三人同時なんて、だめ……」

「あら、なんでどす？」

「なんで、って……」唇をもごもごさせているうちに、顔が熱くなってきた。「その……き、気持ちよすぎるから……自分がどうなっちゃうか、不安……」

「……嬉しいわァ」あいかわらず潜ったたまま、「そないかわいらしゅう言われたら、ウチも猛ってまうわー」

お股のあたりが突然、涼しくなった。

「わ、私のショーツ！　……い、いったい、どうやって脱がせたんですかっ？」

「うふふ、伊賀忍法の秘術どす」

そんな術を誇られても。

「お頭、ホタル……いつまでも赤ん坊してたらあかんよ？　ウチらは伽衆なんやから、お姫さんを気持ちようさせたげなァ沽券にかかわります…………とりあえず、足腰立たなくなるくらいにせんと」

「そ、そこまでしなくても……ひあっ！　いきなりなんて、やめ…………ッ！」

緋冴さんはさすが、蓟の師匠だった。その舌は蓟よりも十倍力強く、百倍器用で、千倍ツボを心得ていた。私は腰骨をつかまれ、痙攣以外は封じられた状態でベテランの技を味わわされた。

舌をタテに差しこんで粘膜の重なりを捲る。小陰唇を唇で揉む。舌先と舌根のあいだにカーブをつけ、指のような力強さで掻きまわす——。

私はすぐにおびただしいおツユを垂らして、高価なドレスを駄目にした。

「ああっ、だめっ！　だめだめだめ………あーっ！」

唾液に濡れた爪先で、緋色のシーツを噛みしめた。

緋冴さんの舌技は止まらず、今度は膣のお腹側をくすぐるように掻いてくる。達したばかりでドクドクと脈打っている胸も、二人に舐められている。三つの温もり、三つの匂い、それぞれ異なる気持ちよさ。包みこまれている感じが嬉しくて、心から蕩けてしまう。

ああ、またくる。

波に備えて蓟の頭を抱えようとしたら、するっと逃げられた。蓟は乳首から舌を這わせて、鎖骨に吸いついてきた。

「………そ、そこ……は……ッ！」

声を出せなくなった。私は右腕を蓟の首に回して、力いっぱい抱きついた。そうしていないと、気持ちよさのあまりどこかに飛んでいきそうだった。

ホタルちゃんが上目遣いで私の表情をうかがい、ニマリと笑う。こちらも舌を這いあがらせて反対側の鎖骨を舐めてくる。

私はもう、瞬きすら上手くできなかった。かと思えば、毛穴という毛穴が勝手に開いて、匂う汗を噴きださせている。たった三枚のなよやかな器官に撫でまわされているだけで、全身をプレスされているようだ。

（……いいっ、気持ちいいっ！　……ああっ、イク……イッちゃう！）

とても深い絶頂だった。激しくて力強くて、けれどちっとも怖くなかった。私は身も心も弛緩させて、甘い痺れを受けいれた。三つの温もりから伝わってくる快感に、なにもかも委ねきった——。

気がつけばドレスを脱がされ、俯せにされていた。

「……薊から教えてもろたんどすが」と、緋冴さん。私の尻たぶにクスクス笑いを浴びせて、「お姫さん、背ェも大好きなんやそうですなァ」

再び三人の笑顔が降ってくる。ほんの少し意地悪をまとった舌が、震える背中に落とされる。それぞれちがうタッチで、私の性感にアピールしてくる。

「…………は、う……ッ！」

ホタルちゃんは背筋に狙いを定め、舌をくぼみに埋めてきた。雨樋を掃除するみたいに縦走させて、汗を掻きだしてくれた。まだ鼻息を加減できないらしく、熱いそれまでフン

ッ、フンッ、と吹きつけていた。そのくすぐったさがたまらなかった。
薊は首筋や耳をフィールドに選んだ。うなじや耳たぶだけでなく、髪をすくいあげて何度もキスをしてくれた。もちろん直接なにかを感じたりはしなかったけれど、私は嬉しくて睫毛を震わせた。気持ちのいい涙を流した。

緋冴さんはあお向けのとき同様、股間にデンと陣取った。私のお尻を撫でまわしつつ、脇腹や腰を舐ってきた。くノ一の淫術にかかれば、どんな場所でも性感帯に変えられる。まだ硬い尻たぶも薄い腰まわりも、ズクズクと痺れさせられる。

三者三様の快感を塗りつけられて、私はまた昇りつめる。ほろ酔い機嫌で恍惚境に遊ぶ。じわじわ炙られているような心地よさが突然、身体の奥深くに切りこんでくるような生々しさを孕んだ。

「……うあッ？」少し身を反らし、振りむいて絶句した。「ひ、緋冴さんっ！　なんで、そっ、そんなところ……」

真っ赤なくノ一の真っ赤な舌が、お尻の割れ目に滑りこんでいた。

「ふふふー、出血大サービスどすー」緋冴さんは目で合図を送ると、尻たぶを掻きわけてきた。「……思ったとおり、こっちも別嬪サンやわァ」

私の頭は、一瞬で沸騰させられた。

肘をついて身を起こそうとしたら、薊とホタルちゃんが両腋に食いついてきた。先ほどの目線は、どうやらこれを指示していたらしい。二人は師匠の意思を汲みとり、敏感な暗がりをペロリとしてきた。

　たちまち力抜けした。私はベッドに突っ伏した。

　弟子たちはかまわず鼻先を突っこみ、わななく肘を「手をあげろ！」の高さまで押しあげる。匂う部分を乳飲み子みたいに吸ってくる。胴と肢の分かれ目を残らず責められ、私は艶めく幼虫と化した。

「あああ、あああぁー……あああー……！」

　くすぐったさを煮詰めると、こんなにも濃やかな性感になるのだ。私は身も世もなく、むせび泣いた。なにもかも開けっぴろげにして、緋冴さんの「訪問」を待った。くねり踊る舌先が、「別嬪サン」に近づいてくる。人体のなかでもっとも不浄とされる場所を何度も縁取られ、おもむろに舐めあげられる。

「……ひあっ！」

　そのとき背筋を駆けあがってきたのは、ただの気持ちよさではなかった。粘膜と粘膜を擦りあわせる快美のなかには、「汚いことをしている」という嫌悪感、「いけないことをしている」という背徳感も溶かしこまれていて、このまま味わっていいのか拒むべきなのか、私は目を白黒させてしまう。

　緋冴さんは尻たぶを軽く叩いて、私をあやしてくれた。多少落ちついたのを見取ると、しゃぶりついた。

舌先の尖りを使ってお尻のシワを掻きわけ、放射状に均《なら》してきた。もちろんキレイにはしているけれど、そこはその、出すところだ。気持ちよさと嫌悪感と背徳感がマーブル状になり、頭の中身ぜんたいを巻きこんでグルグルし始める。私は自分を繋ぎとめるため、ロックンクライマーのようにシーツを鷲づかむ。

「……薊、腋はもうエエから」お尻の谷間から顔をあげて、「お姫さんに、オシャブリさせたげて」

「おしゃぶり、ですか……いったい、どこを……」

「二人とも気持ちよくなれるところ、や」

薊はそっと私の肩を持ちあげて、斜めに身を入れてきた。震える頭を掻きいだき、胸の谷間に乗せてくれた。

「……………う、あ……あ?」両頬に吸いつくような肌触り。瞳の焦点を凝らせば、薊の傷が赤く浮きあがっていた。「あ……ああっ、薊ぃ……」

私はシーツのかわりに乳房をつかみ、あふあふ言ってる口を開けた。赤ん坊のようにむしゃぶりついた。

「ンくッ!」薊が腕に力を込める。私をギュッと締めつける。「ひ……姫さま……」

私は夢中で、舌を絡める。口の粘膜を擦りつけ、薊の乳首を味わい続ける。

「ふふ、そうそう。ホタルはそやねえ……アンタのもみあげ使こて、お姫さんの背ェ撫でたげて。舌の気持ちよさばっかりやと飽きてまうさかいなァ」

　快感の包囲網を作りあげると、緋冴さんは舌を突きこんできた。反射的に締めつけてしまう括約筋をゆっくりと懐柔し、腸内《なか》まで潜りこませてきた。

「あむっ、むうう一っ！」

　骨のない生き物が、私のなかを掻きまわす。吐きだすことしか知らない粘膜たちに、受けいれる悦びを教える。

　嫌悪感も背徳感も、一瞬のうちに掻きけされて、私は粘膜の交歓に身悶えさせられる。それまでも暴走ぎみだった舌をさらに踊らせ、背には筋肉の戸惑いを浮かびあがらせる。身体の入り口と出口を塞がれて、もはやどうしていいかわからない。私はお尻を震わせて、魂を翔ばした。忘我のうちに達し続けた。

　またもや、軽く気絶していたらしい。

　私はあお向けにされ、両足をM字に開かれていた。緋冴さんは背もたれを務めつつ私の胸を揉み、薊はグショ濡れの内腿に頬を挟ませ、ホタルちゃんはもみあげの筆でクリトリスをくすぐる。指と舌と髪、女性の責め具を総動員させてくる。

「……ああっ、いい！　いいのっ、き、気持ちよすぎるのぉっ！」

　指に乳首を転がされ、舌に裂け目を掻きまわされ、髪に突起の付け根を磨きたてられ、何度イッたのだろう？　緋冴さんの鼓動、薊の吐息、ホタルちゃんの匂い、すべてが私を溶かしてくれる。さらに少しでも馴れた素振りを見せれば、三人はすばやくフォーメーションを変えて、ちがう愛し方をしてくれる。

側臥にされたり開脚されたり、うえに乗ったり乗られたり。上下左右に挟まれて、三〇本の指、三枚の舌、何百本という髪に撫でられる。射精のない女性どうしのセックスには終わりがなく、いつまでもどこまでも、新鮮な気持ちのまま高まっていく。この三人とだったら、たぶん、疲れや飢えで動けなくなるまで続けられるはずだ。

私はひとつの愛撫を除き、あらゆる手管で愛された。幸せすぎて泣いてしまった。最後の満足を求めて、涎と一緒におねだりした。それを自分から、すんなり口にできたことがとても嬉しかった。

「……キ……ス……キス……して……」

三人のあいだで目線が交わされる。緋冴さんがそっ、とホタルちゃんの肩に手を置き、ベッドから連れだした。

「……お姫さんは蓟の主サマや。アンタも早う、自分の主を見つけんとなァ……それはそれとしてホタル、さっきの舌遣いは感心できまへんなァ。ウチが仕込んだるさかい、ちょっとお風呂いこかー……」

取りのこされた私たちは、じっと顔を見合わせていた。おたがいに期待と幸せがふくらみすぎて動けなかった。気まずいわけではないけれど、焦れったい。でもこれはこれで、ずっと味わっていたかったりする。

「…………」

「…………」

突然、ホタルちゃんの可愛い喘ぎ声が聞こえてきた。

「…………っぷ」「ふ……」

私たちは同時に笑った。薊がごく自然に顔を近づけてきた。私は目を閉じ、唇を開いた。絹の黒髪に指を絡ませて、息も止まれとばかりに吸いあった。舌と舌を絡ませて、たがいのなかを味わった。どちらともなく唇を離して、

「……そばにいて」

「お仕えいたします……」

もう一度、キス。舌で舌を抱きしめる、抱きしめられる。二枚はきっと、元々ひとつのカタマリだったのだ。でも神さまの嫉妬で引きさかれた。だからこうして、ひとつに戻ろうと身をくねらせる。相手の温かさとヌメりを味わうだけで、軽い絶頂に翔ばされる。

「……薊……もっとくっつきたいよ。二人で一緒に……」

「はい、姫さま……」

薊はしばし考えこみ、私の右腿をそっと持ちあげた。そのしたに自分の左腿を入れて、あそことあそこにキスをさせた。薊のそこはツルツルで、胸に頬を寄せているような肌触

りだった。

「……………んッ」

「その、上手くできるかわからないのですが……」

私は薊と手を絡めて、「だいじょうぶ」と伝える。薊が赤い顔をさらに赤くして、ゆっくりと腰を使いだす。二人の秘密が擦れあい、キスとはちがう粘音を奏で始める。

「……薊のここ……気持ちいい……ゆ、指や舌でするより……ずっといい！」

薊のそこはとても熱くて、私は腰からしたが溶けていくような気分になる。おツユの混合液が、緋色のうえにシミを作る。

「姫さまも……す、ステキです…………姫さま……あッ……美由樹さま……ッ……！」

「あ、薊……あざみ……あざ……みぃ……ッ！」

気持ちいい。

とっても気持ちいいけれど、まだ足りない。

私たちはもっと密着できる、もっとひとつになれる。薊は私の右足を離し、私は上半身を起こし、引きあう磁石のように密着した。たがいの胸を潰して谷間から境目まで消し、汗もひとつに融けあわせて思いきりキスをした。股間の底で燻《くすぶ》っていた白い炎が、身体じゅうどころか部屋ぜんたいに広がった。

（……イクッ！）

私たちはその、白いどこかで抱きあっていた。私の瞳には薊の顔が映っていたし、薊のそれにも私がいた。身も心も、満たされつつ広がっていた。私がそうだというだけでなく、薊までそうなっているのがわかった。わかる、というか、伝わってきた——。

どれくらいそうしていたのだろう?

気がつけば、緋色のうえだった。私たちはおたがい、痕に残りそうなくらい抱きしめあっていた。隣のお風呂場から、ホタルちゃんの「ちょっと可愛そうかも」と思える嬌声が聞こえてくる。

「…………」「…………」

視線を交わすと、なんだか獰猛に恥ずかしくなってきた。今度は弾きあう磁石のように、顔を逸らした。そのときになって前歯がちょっと痛いことに気づいた。

あのキスのとき、勢いをつけすぎていたらしい。

「……痛ぁ……」

呟きながら横目で見ると、薊も口を押さえていた。

私たちは爆笑した。

終章

「……ひかえよ、ひかえおろう！」

二〇一×年、四月の終わりごろだった。

空は気持ちよく晴れわたり、春風はぬるんでいた。

「この紋所が目に入らぬか」

金子リサイクル＝センター。福島県安曇《あずみ》村にある産廃処理場だ。首都圏からあふれたゴミの吹きだまりとされた地には、黒塗りのベンツがたむろっていた。

「……………あ？」「……………は？」「……桜の紋所……？」

今日は月一で開かれる穴屋、運び屋、手配屋の集会なのだ。なにをするのかといえば、「越後屋そちも悪よのう」「いえいえお代官様にはかないません、おっとセンセイ、もしものときはよろしくお願いしますよ」「わかっておる、今宵の虎徹は血に飢えておるわ」みたいなことである。

いくら時代が変わっても、人の本性はそう簡単に変わらない。現実とドラマを比べても、こと醜さという点においてはそれほど大差がない。

「な、なに……アホなモンつきだしとんのや、こンくされアマぁ」ダブルのスーツを着た下っ端さんが、私と薊を睨めつけてくる。「それよりオンドレら、いったいドッから入った……誰の許しもらっとんじゃ、あァ？」

「……あそこからです」私は軽く手を掲げて、カムフラージュとして施設のまわりに植えられたソメイヨシノを指さした。「いまが満開ですね」

「だから、なんじゃ？」

「私たちは、桜の化身……世直しを委されて、諸国を行脚している者です！」

「ざけんなガキィ！」

つかみかかろうとした下っ端さんめがけて、薊が手を振った。彼は飛びだそうとしてジャケットを引っぱられ、見るもぶざまにズッコけた。半信半疑の目で自らの背後を確かめ、服の裾がナイフのようなものでベンツに縫いとめられているのを発見する。

「……うーん……やっぱり、黄門様みたいにはいかないものね」

「姫さま。あれはドラマですから……」

薊が眉間を揉んでみせる。

「……まあ、順番が逆になっちゃうけど……薊、緋冴さん、ホタルちゃん」

私の声に合わせて、桜吹雪が現れる。真っ赤なチャイナドレスと紅白の巫女装束が、私の左と前を固める。団員の何人かが驚いて、母国語で喚きだす。

「やっておしまいなさい！」

突風が吹いた。あたりのサクラが花びらを散らして、本物の桜吹雪を吹きつけてきた。薄桃色の雨が光を淡く遮り、私たちの視界を朧にかすませる。夢幻的な景色のなかを黒の、赤の、銀の髪が走る——。


その後。

明智のおウチは後継者でゴタゴタして、御桜フィナンシャルも米国債焦げつきでわたわたして、同族経営の問題点がここぞとばかりに湧きあがり、すったもんだに切った張った、離合集散七転八倒合従連衡をくり返したあげく、苦肉の策として私たちを迎えいれ、私たちは諸般の事情で詳しく書けないことを詳しく書けない方法で乗りきり続け、いつの間にやらホンモノのご老公様よろしく、桜の印籠を見せるだけでアレやソレもすませられるようになっちゃうのだけれど——。

それはまた、べつの夜伽話。

二次元ドリーム文庫 第31弾

ハーレムパイレーツ

軍艦の船員を志す少年王子リカルドが念願叶って乗り込んだ船は、なんと女性船員だらけのハーレム状態！　元気少女や巨乳ロリッ娘、クールな美人船長とのエッチ三昧な海上訓練の日々を送ることに。そこに豊満な肉体を持つ女海賊も加わり、リカルドの興奮もヒートアップ！　次から次へと押し寄せる女体の波に王子の理性は暴走寸前!?

小説：竹内けん／イラスト：浮月たく

好評発売中

2D DREAM POCKET NOVELS

mille-feuille
ミルフィーユ
魔法少女
沙枝
Vol.1
好評発売中!
詳しい情報はミルフィーユ公式サイトで!
二次元ドリームノベルズの人気作品が待望のゲーム化!
沙枝が翔子がエミットが、失禁、触手、輪姦、羞恥プレイ、奉仕プレイと大変な目に遭ってしまいます! 店頭で購入できるパッケージ版と、ネットで買えるダウンロード版の二種類が発売中ですので、お好みにあわせてお求めください!!
タイトル 魔法少女沙枝 Vol.1
ジャンル 魔法少女AVG
ブランド ミルフィーユ
音声 女性フルボイス
OS 98SE/Me/2000/XP
原作 水坂早希
発売日 発売中
原画 ひぐちいさみ
パッケージ版:2,500円(税込) ダウンロード版:2,415円(税込)
ミルフィーユオフィシャルホームページ
http://www.mille-feuille.jp

二次元
ドリームマガジン
2D DREAM MAGAZINE
2006年2月号
300ページ
Vol.26
表紙イラスト：桐島サトシ
二次元ドリームノベルズの雑誌！
今号はこのシチュエーションをプッシュ！
特別付録
『闘姫陵辱10』
付け替えカバー
くノ一
KUNOICHI
業界唯一のオリジナルアダルトノベル雑誌！
読みごたえ満点のえっち小説、えっち漫画はもちろん、「二次元ドリームノベルズ」の注目作品を発売に先駆けて一部公開したり、外伝小説を掲載しちゃったりします！

二次元ドリーム文庫 新刊情報

二次元ドリーム文庫 第34弾

お嬢様チェンジ！
乙女寮は大混乱

祖父の代わりに名門女子寮で働くことになった少年・柚太。そこに入居しているのは、清純な巫女・衣乃里、柚太の妹・桃花、淫乱なメイド・まひろ、孤高の剣道娘・歌連など美少女ばかり。だが、ひょんなことから衣乃里と桃花、まひろと歌連の魂と身体が入れ替わってしまったから、さあ大変!? 淫乱な身体の感覚に戸惑う歌連には爛熟した肉体で襲われ、桃花は兄への禁断の想いを遂げるため巫女少女の姿で迫ってくる。さらに、まひろには剣道で鍛えられた肉体に責められ、衣乃里は桃花の幼気な肢体で……？ 果ては、全員入り乱れての大乱交にまで発展し、今日も女子寮内は大混乱!?

小説：庵乃音人／イラスト：Maruto!

1月中旬発売予定!

二次元ドリーム文庫 第35弾

ハートフルパニック
どきどき臨海学園

勝気な少女・澪とともに、清宮家の娘・姫子の世話役として常夏の臨海学園に入学した秀平。少女たちが水着で過ごす楽園で、彼はクラス委員長や深窓の令嬢に大胆に迫られてしまう。その淫らな雰囲気に感化され、みんなで仲良く愉しむことを提案する姫子。ついには澪をも巻き込んで、光沢と艶かしい質感に溢れたスク水ハーレムエッチへと発展していく！

小説：神楽陽子／イラスト：Hiviki N

1月中旬発売予定!

作家＆イラストレーター募集！

編集部では作家、イラストレーターを募集しております

プロ、アマ問いません。作家応募の方は原稿をFD、もしくはCDなどで送ってください。また、原稿をプリントアウトしたものと簡単なあらすじも送っていただくと助かります。イラストレーター応募の際には原稿のご返却はできませんので、コピーしたもの、もしくはMO、CDなどのメディアで送ってください。小説、イラストともにE-mailで送っていただいても結構です。なお、電話でのお問い合わせはご遠慮ください。採用の場合はこちらから連絡させていただきます。

E-mail：2d@microgroup.co.jp
〒104-0041　東京都中央区新富1-3-7ヨドコウビル
㈱キルタイムコミュニケーション
二次元ドリーム小説、イラスト投稿係

二次元ドリーム文庫
マスコットキャラクター
ふみこちゃん
イラスト：笹弘

くノ一夜伽話
この印籠が目に入らぬか？

2005年12月26日　初版発行

著　者　綾守竜樹
発行人　武内静夫
編集人　岡田英健
編　集　田畑吉康
　　　　有田　俊
装　丁　マイクロハウス　クリエイティブ事業部
印刷所　株式会社廣済堂
発　行　株式会社キルタイムコミュニケーション
　　　　〒104-0041　東京都中央区新富1-3-7ヨドコウビル
　　　　TEL03-3555-3431（販売）／FAX03-3551-1208

禁無断転載 4-86032-227-4 C0193